Ernest Hemingway

Das Ende von Etwas

Sechs Kurzgeschichten

Übersetzung
von Annemarie Horschitz-Horst
Mit einer Zeittafel
zu Leben und Werk Ernest Hemingways
von Hans-Christian Oeser

Reclam

Die Texte der vorliegenden Ausgabe folgen:
Ernest Hemingway: Gesammelte Werke in zehn Bänden. Band 6: Stories I. Reinbek bei Hamburg: Rowohlt, 1977
Die amerikanische Originalausgabe *The Short Stories of Ernest Hemingway* erschien zuerst unter dem Titel *49 stories*

RECLAMS UNIVERSAL-BIBLIOTHEK Nr. 7628

Lizenzausgabe mit Genehmigung des Rowohlt Verlages, Reinbek bei Hamburg

Erste Auflage dieser Ausgabe, mit einem Nachwort von Kurt W. Marek, 1951
Zeittafel: 2001 Philipp Reclam jun. GmbH & Co. KG, Siemensstraße 32, 71254 Ditzingen
Druck und Bindung: Esser printSolutions GmbH, Untere Sonnenstraße 5, 84030 Ergolding
Printed in Germany 2024
RECLAM, UNIVERSAL-BIBLIOTHEK und RECLAMS UNIVERSAL-BIBLIOTHEK sind eingetragene Marken der Philipp Reclam jun. GmbH & Co. KG, Stuttgart
ISBN 978-3-15-007628-6

www.reclam.de

Inhalt

Indianerlager

Am Seeufer war noch ein Ruderboot heraufgezogen. Die beiden Indianer standen wartend da.

Nick und sein Vater setzten sich hinten ins Boot; die Indianer stießen es ab, und einer stieg ein, um zu rudern. Onkel George saß im Heck des Lagerruderbootes. Der junge Indianer stieß das Lagerboot ab und stieg ein, um Onkel George zu rudern.

Die beiden Boote brachen in der Dunkelheit auf. Nick hörte das Geräusch von den Ruderdollen des anderen Bootes ein ganzes Stück entfernt vor sich im Nebel. Die Indianer ruderten mit schnellen, abgehackten Schlägen. Nick legte sich zurück in den Arm seines Vaters. Auf dem Wasser war es kalt. Der Indianer, der sie ruderte, arbeitete angestrengt, aber das andere Boot entfernte sich immer weiter im Nebel.

»Wo fahren wir hin, Dad?« fragte Nick.

»Rüber ins Indianerlager. Eine Indianerin ist sehr krank.«

»Oh!« sagte Nick.

Jenseits der Bucht fanden sie das andere Boot schon festgemacht. Onkel George rauchte im Dunkeln eine Zigarre. Der junge Indianer zog das Boot ein Stück den Strand hinauf. Onkel George gab beiden Indianern Zigarren.

Sie gingen vom Strand hinauf durch eine taufrische Wiese und folgten dem jungen Indianer, der eine Laterne trug. Dann kamen sie in den Wald und folgten einer Spur, die auf den Holzfällerweg führte, der in den Hügeln verlief. Auf dem Holzfällerweg war es viel heller, weil die Bäume zu beiden Seiten gefällt waren. Der junge Indianer blieb stehen und blies seine Laterne aus, und sie gingen alle weiter den Weg entlang.

Sie bogen um eine Wegkrümmung, und ein Hund kam kläffend auf sie los. Vor ihnen waren die Lichter der Blockhütten, in denen die indianischen Borkenschäler lebten. Noch mehr Hunde stürzten auf sie los. Die beiden Indianer jagten sie zu den Blockhütten zurück. In der Blockhütte, die dem Weg am nächsten lag, war ein Licht im Fenster. Eine alte Frau stand auf der Türschwelle und hielt eine Lampe.

Drinnen auf einer hölzernen Pritsche lag eine junge Indianerin. Seit zwei Tagen versuchte sie ihr Kind zu bekommen. Alle alten Frauen aus dem Lager hatten ihr geholfen. Die Männer hatten sich auf der Straße außer Hörweite gebracht und saßen rauchend im Dunkeln. Sie schrie gerade, als Nick und die beiden Indianer hinter seinem Vater und Onkel George die Blockhütte betraten. Sie lag sehr dick unter ihrem Federbett in der unteren Bettkoje. Ihr Kopf war zur Seite gedreht. In der oberen Bettkoje lag ihr Mann. Er hatte sich vor drei Tagen mit der Axt böse in den Fuß gehackt. Er rauchte eine Pfeife. Die Stube roch sehr schlecht.

Nicks Vater ließ Wasser auf den Herd stellen und sprach, während es heiß wurde, mit Nick.

»Nick«, sagte er, »die Frau da bekommt ein Kind.«

»Ich weiß«, sagte Nick.

»Du weißt nichts«, sagte sein Vater. »Hör zu. Was sie jetzt durchmacht, nennt man Wehen. Das Kind will geboren werden, und sie will, daß es geboren wird. Alle ihre Muskeln arbeiten, um das Kind zu gebären. Das geschieht, wenn sie schreit.«

»Ach so«, sagte Nick.

Gerade in dem Augenblick schrie die Frau auf.

»O Daddy, kannst du ihr nicht irgendwas geben, damit sie aufhört zu schreien?« fragte Nick.

»Nein«, sagte sein Vater, »ich habe kein Betäubungsmittel. Aber ihr Schreien ist unwichtig. Ich höre es gar nicht, weil es unwichtig ist.«

Der Ehemann in der oberen Koje rollte hinüber zur Wand.

Die Frau in der Küche bedeutete dem Doktor, daß das Wasser heiß sei. Nicks Vater ging in die Küche und goß ungefähr die Hälfte des Wassers aus dem großen Kessel in eine Schüssel. In das zurückgebliebene Wasser im Kessel legte er verschiedene Sachen, die er aus einem Taschentuch auswickelte.

»Die müssen kochen«, sagte er und begann sich die Hände mit einem Stück Seife, das er aus dem Lager mitgebracht hatte, in der Schüssel mit heißem Wasser abzuschrubben. Nick beobachtete die Hände seines Vaters, die einander mit Seife abschrubbten. Während sich sein Vater sehr sorgfältig und gründlich die Hände wusch, redete er.

»Siehst du, Nick, eigentlich sollen Kinder mit dem Kopf zuerst zur Welt kommen, aber manchmal tun sie's nicht. Wenn sie's nicht tun, gibt es für alle große Schwierigkeiten. Vielleicht muß ich diese Frau operieren; es wird sich bald herausstellen.«

Als er mit seinen Händen zufrieden war, ging er hinein und an die Arbeit.

»Zieh mal das Federbett weg, ja, George?« sagte er. »Ich möchte es lieber nicht anfassen.«

Nachher, als er zu operieren anfing, hielten der Onkel und drei Indianer die Frau fest. Sie biß Onkel George in den Arm, und Onkel George sagte: »Verdammtes Indianerweib«, und der junge Indianer, der Onkel George herübergerudert hatte, lachte ihm zu. Nick hielt seinem Vater die Schüssel. Das Ganze dauerte sehr lange.

Sein Vater nahm das Kind auf und schlug es, damit es atmete, dann reichte er es der alten Frau.

»Sieh mal, Nick, ein Junge«, sagte er. »Na, wie gefällt's dir als Assistent?«

Nick sagte: »Gut.« Er blickte weg, um nicht zu sehen, was sein Vater machte.

»So, da haben wir's«, sagte sein Vater und tat etwas in die Schüssel.

Nick sah nicht hin.

»Jetzt«, sagte der Vater, »muß ich noch ein paar Stiche machen. Du kannst zusehen oder nicht, Nick, wie du willst. Ich muß den Schnitt nähen, den ich gemacht habe.«

Nick sah nicht hin; mit seiner Neugier war es längst vorbei.

Sein Vater war fertig und stand auf. Onkel George und die drei Indianer standen auch auf. Nick trug die Schüssel hinaus in die Küche.

Onkel George besah seinen Arm. Der junge Indianer lächelte erinnerungsvoll.

»Ich werde es dir mit Wasserstoff auswaschen, George«, sagte der Doktor.

Er beugte sich über die Indianerin. Sie war jetzt still, und ihre Augen waren geschlossen. Sie sah sehr blaß aus. Sie wußte nicht, was aus dem Kind geworden war, noch sonst etwas.

»Ich komme morgen früh wieder«, sagte der Doktor, sich aufrichtend. »Die Pflegerin aus St.Ignace wird wohl gegen Mittag hier sein und alles, was wir brauchen, mitbringen.«

Er war aufgeregt und gesprächig, wie Footballspieler im Ankleideraum nach dem Kampf.

»Das ist was fürs medizinische Journal, George«, sagte er, »ein Kaiserschnitt mit dem Jagdmesser und eine Naht mit einem neun Fuß langen gedrehten Darm.«

Onkel George stand an der Wand und besah seinen Arm.

»Du bist 'n großer Mann, aber gewiß doch«, sagte er.

»Muß wohl noch einen Blick auf den stolzen Vater

werfen. Gewöhnlich leiden die bei diesen kleinen Angelegenheiten am meisten«, sagte der Doktor. »Ich muß sagen, der hier hat sich nicht sehr angestellt.«

Er zog dem Indianer die Decke vom Kopf. Seine Hand war naß. Er stieg auf die Kante der unteren Bettkoje, mit der Lampe in der Hand, und sah hinein. Der Indianer lag mit dem Gesicht zur Wand. Sein Hals war durchschnitten, von einem Ohr zum andern. Das Blut war, wo sein Körper die Bettkoje niederdrückte, zu einer Lache zusammengeflossen. Der Kopf ruhte auf dem linken Arm. Das offene Rasiermesser lag mit der Schneide nach oben zwischen den Decken.

»George, nimm Nick raus«, sagte der Doktor.

Das war überflüssig. Nick konnte von der Küchentür aus, wo er stand, genau sehen, was in der oberen Koje vorging, als sein Vater, der in einer Hand die Lampe hielt, den Kopf des Indianers zurücklegte.

Es fing gerade an zu dämmern, als sie den Holzfällerweg zurück zum See gingen.

»Tut mir schrecklich leid, Nickie, daß ich dich mitgenommen habe«, sagte sein Vater. Verschwunden war die gehobene Stimmung, die der Operation gefolgt war. »Scheußlich, daß du das mitmachen mußtest.«

»Müssen Frauen immer so viel ausstehen, um Kinder zu bekommen?« fragte Nick.

»Nein, das war ganz, ganz außergewöhnlich.«

»Warum hat er sich denn umgebracht, Daddy?«

»Ich weiß nicht, Nick. Wahrscheinlich konnte er es nicht aushalten.«

»Bringen sich viele Männer um, Daddy?«

»Nicht sehr viele, Nick.«

»Und Frauen?«

»Fast nie.«

»Überhaupt nicht?«

»O doch, manchmal.«

»Daddy?«

»Ja?«

»Wo ist denn Onkel George hin?«

»Der wird schon wieder auftauchen.«

»Ist Sterben schwer, Daddy?«

»Nein, ich glaube, es ist ziemlich leicht, Nick. Es kommt darauf an.«

Sie saßen im Boot, Nick im Heck; sein Vater ruderte. Die Sonne stieg über den Bergen auf. Ein Barsch schnellte hoch und machte einen Kreis im Wasser. Nick ließ seine Hand im Wasser schleifen. Es fühlte sich warm an im schneidenden Morgenfrost.

Am frühen Morgen auf dem See, als er im Heck des Bootes seinem rudernden Vater gegenübersaß, war er überzeugt davon, daß er niemals sterben würde.

Mein Alter

Wissen Sie, wenn ich's mir jetzt so überlege, war mein Alter eigentlich auf einen dicken Kerl zugeschnitten, einen von diesen regelrechten kleinen, kugelförmigen, feisten Kerlen, die man überall sieht; aber wahrhaftig, das war er nie, ausgenommen vielleicht ein wenig zum Schluß; und dann war es nicht seine Schuld; er ritt einfach über die Hindernisse, und er konnte es sich leisten, ein hübsches Gewicht mit sich herumzuschleppen. Ich erinnere mich, wie er ein Gummihemd über eine Reihe Jerseys zog und darüber noch einen dicken, wollenen Sweater und mich dann am Vormittag rankriegte, mit ihm in der heißen Sonne zu laufen. Er mochte vielleicht schon mit einem von Razzos Schindern am frühen Morgen einen Proberitt unternommen haben, nachdem er gerade um 4 Uhr früh aus Turin angekommen und in einem Wagen zu den Ställen rausgejockelt war, und dann, wenn noch alles voll Tau war, und die Sonne anfing, sich gerade in Bewegung zu setzen, würde ich ihm aus seinen Stiefeln raushelfen, und er würde in seine Latschen und all seine Sweater fahren, und dann würden wir aufbrechen.

»Komm, Junge«, sagte er, während er vor der Jockeygarderobe von einem Fuß auf den andern trat, »dann wollen wir mal loslegen.«

Dann trotteten wir vielleicht einmal ums Innenfeld – er vorneweg in guter Form –, und dann ging's durchs Tor und eine von diesen Straßen entlang mit all den Bäumen zu beiden Seiten, die von San Siro ausgehen. Sobald wir auf die Chaussee kamen, nahm ich die Spitze, und ich konnte ganz anständig laufen, und ich drehe mich um und sehe, er jockelt ohne Anstrengung dicht hinter mir her, und nach einer Weile sehe ich mich wieder um, und da hat er angefangen zu schwitzen. Er schwitzt heftig und trabt stur hinter mir her, seine Augen stier auf meinen Rücken geheftet, aber ertappte er mich zufällig, wenn ich ihn ansah, dann würde er grinsen und sagen: »Schwitzt du auch ordentlich?« Wenn mein Alter grinste, mußte man einfach mitgrinsen. Wir liefen immer weiter, den Bergen zu, und dann brüllte mein Alter plötzlich: »He, Joe«, und als ich mich umdrehte, saß er unter einem Baum, das Handtuch, das er bis dahin um die Taille gehabt hatte, um den Hals gewickelt.

Ich mach kehrt und setz mich zu ihm, und er zieht ein Seil aus der Tasche und fängt an, in der Sonne zu springen, und der Schweiß läuft ihm nur so das Gesicht runter in dem weißen Staub, während das Seil klopetti, klopetti, klop, klop, klop macht, und die Sonne immer heißer brennt, und er sich immer toller auf einem Fleck der Chaussee abarbeitet. Weißt du, es war schon ein Heidenspaß, meinen Alten seilspringen zu sehen. Er konnte die Schnur schwirren lassen oder sie ganz langsam und mit Schikanen schwingen. Wissen Sie, Sie hätten nur mal sehen müssen, wie die Italiener uns angafften, wenn sie auf ihrem Weg in die Stadt mit ihren großen weißen Ochsen, die ihre Karren zogen, vorbeikamen. Die machten ein Gesicht, als ob sie meinen Alten für verrückt hielten. Er ließ die Schnur sausen, bis sie gebannt stillstanden und zusahen: dann trieben sie die Ochsen mit Zungenschnalzen und Stachelstock wieder an und setzten sich von neuem in Bewegung.

Wenn ich so dasaß und zusah, wie er sich in der heißen Sonne abarbeitete, mochte ich ihn schon verdammt gern. Er war zu ulkig, und nachdem er so hart geschuftet und mit einem gleichmäßigen Sausen geendet hatte, daß der Schweiß wie Wasser über sein Gesicht rann, warf er das Seil auf den Baum rauf und kam heran und setzte sich zu mir und lehnte sich gegen den Baum, das Tuch und einen Sweater um den Hals gewickelt.

»Joe, du, es ist einfach verteufelt, das Gewicht runterzuhalten«, würde er sagen und sich zurücklehnen und die Augen schließen und lang und tief atmen. »Ist nicht, wie wenn man ein Guck-in-die-Welt ist.« Dann stand er auf, und bevor er sich zu sehr abgekühlt hatte, trotteten wir zum Stall zurück. So konnte er sein Gewicht halten. Er war in ständiger Sorge. Die meisten Jockeys können ungefähr geradesoviel, wie sie wollen, herunterreiten. Ein Jockey verliert ungefähr bei jedem Ritt ein Kilo, aber mein Alter war irgendwie ausgetrocknet, und er konnte seine Kilos ohne all das Laufen nicht runterhalten.

Ich besinne mich, einmal in San Siro kam Regoli, ein kleiner Makkaroni, der für Buzoni ritt, aus der Koppel und ging in die Bar was Kaltes trinken und schlägt mit der Peitsche gegen seine Stiefel, nachdem er sich gerade gewogen hatte, und mein Alter hatte sich auch gerade gewogen und kommt raus mit dem Sattel unterm Arm und sieht rot und müde aus und viel zu groß für seinen Dress, und er steht da und sieht den kleinen Regoli an, der gegen den Stallbaum lehnt und der frisch und jungenhaft aussieht, und ich sage: »Was ist los, Alterchen?«, weil ich dachte, Regoli hätte ihn vielleicht angerempelt oder sonst was; er sah aber Regoli nur so an und sagte: »Verdammt noch mal!« und ging dann in die Garderobe.

Na, es wäre vielleicht alles gutgegangen, wenn wir in Mailand geblieben und dort und in Turin geritten wären, denn wenn's überhaupt leichte Bahnen gab, dann die beiden. »Pianola, Joe«, sagte mein Alter, wenn er als Sieger nach einem Rennen abstieg, das die Makkaroni für ein höllisches Steeplechase hielten. Ich fragte ihn mal. »So ein Rennen reitet sich von alleine. Nur 's Tempo, das man reitet, macht die Sprünge gefährlich, Joe. Hier reitet man ja kein Tempo, und auch die Sprünge sind nicht sehr toll. Aber es ist immer nur das Tempo und nie die Hindernisse, was es mulmig macht.«

San Siro war die fabelhafteste Rennbahn, die ich je gesehen hatte, aber der Alte sagte, es sei ein Hundeleben. Immer zwischen Mirafiori und San Siro unterwegs und beinahe jeden Tag einen Ritt und ungefähr jede zweite Nacht in der Eisenbahn.

Ich war einfach verrückt mit den Pferden. Das hat's in sich, wenn sie zum Aufgalopp rauskommen. Irgendwie tänzelnd und gestrafft mit dem Jockey drauf, der sie an der Kandare hält und ihnen vielleicht auch mal den Kopf frei gibt und sie ein bißchen laufen läßt. Wenn sie erst mal am Start sind, packt es mich toller als irgendwas sonst. Hauptsächlich in San Siro mit dem großen grünen Innenfeld und den Bergen fern im Hintergrund und dem dicken italienischen Starter mit seiner langen Peitsche und den Jockeys, wie sie hin und her zerren, und dann, wie das Startband hochschnellt, und die Glocke losgeht, und wie sie alle im geschlossenen Feld abkommen und dann anfangen auseinanderzuziehen. Sie wissen ja, wie so ein großes Rudel abgeht. Wenn Sie mit einem Feldstecher auf der Tribüne stehen, sehen Sie nur, wie sie losstürmen, und dann kommen sie um die Kurve gefegt. Für mich kann nichts daran tippen.

Aber mein Alter sagte eines Tages in der Garderobe, als er gerade seine Straßenkleidung wieder anzog: »Das sind alles keine Pferde, Joe. In Paris würde man diese Mähren ihrer Hufe und Felle wegen abschlachten.« Das war an dem Tag, als er den Premio Commercio mit Lantorna gewonnen hatte, als er mit ihr die letzten 100 Meter aus dem Feld herausschoß wie ein Sektpfropfen aus der Flasche.

Es war ganz kurz nach dem Premio Commercio, daß wir abhauten und Italien verließen. Mein Alter, Holbrook und ein dicker Makkaroni mit einem Strohhut, der unentwegt sein Gesicht mit einem Taschentuch abwischte, hatten einen Streit an einem Tisch in der Galleria. Sie sprachen alle Französisch, und beide fielen wegen irgend etwas über meinen Alten her. Schließlich sagte er überhaupt gar nichts mehr, sondern saß nur da und sah Holbrook an, und die beiden immer über ihn her, und erst sprach der eine und dann der andere, und der feiste Makkaroni quatschte Holbrook die ganze Zeit dazwischen.

»Geh doch mal und kauf mir den *Sportsman*, Joe«, sagte mein Alter und gab mir eine Handvoll Soldi, ohne von Holbrook wegzusehen.

Ich ging also aus der Galleria rüber zur Scala und kaufte eine Zeitung und kam zurück und stand erst eine ganze Weile ein bißchen abseits, weil ich nicht stören wollte, und mein Alter saß zurückgelehnt in seinem Stuhl und sah in seinen Kaffee und spielte mit seinem Löffel rum, und Holbrook und der dicke Makkaroni standen da, und der dicke Italiener wischte sich das Gesicht und schüttelte den Kopf. Und ich kam ran, und mein Alter tat gerade so, als ob die beiden anderen gar nicht da wären, und sagte: »Möchtest du ein Eis, Joe?« Holbrook sah meinen Alten an und sagte langsam und nachdrücklich: »Du Scheißkerl«, und er und der fette Italiener gingen zwischen den Tischen hinaus.

Mein Alter saß da und tat so was wie mich anlächeln, aber sein Gesicht war weiß, und er sah hundeelend aus, und ich hatte Angst, und mir war ganz übel im Bauch, weil ich wußte, irgendwas war passiert, und ich konnte nicht verstehen, wie irgendwer meinen Alten Scheißkerl nennen konnte, ohne daß ihm was passierte. Mein Alter faltete den *Sportsman* auseinander und studierte eine Weile die Handicaps und sagte dann: »Joe, in dieser Welt muß man 'ne Menge einstecken.« Und drei Tage später verließen wir Mailand auf immer mit dem Turiner Zug nach Paris, nachdem alles, was wir nicht in einen Koffer und eine Handtasche hineinbekommen hatten, vor Turners Ställen verauktioniert worden war.

Wir kamen bei Morgengrauen in Paris auf einem langen, schmutzigen Bahnhof an, von dem der Alte mir sagte, es sei die Gare de Lyon. Paris war nach Mailand eine schrecklich große Stadt. In Mailand kommt's einem so vor, als ob jeder irgendwo hingeht und als ob alle Elektrischen irgendwo hinfahren, und da gibt's kein Durcheinander, aber Paris ist ganz zusammengeknäult und wird nie in Ordnung gebracht. Trotzdem konnte ich's nach einiger Zeit gut leiden, wenigstens teilweise, und dann, wissen Sie, hat es die schönsten Rennplätze der Welt. Es scheint, als ob alles nur dadurch in Schwung gehalten wird, und ungefähr das einzige, worauf man sich verlassen kann, ist, daß jeden Tag die Omnibusse nach der Rennbahn fahren, wo gerade gelaufen wird, und sie fahren direkt durch alles durch bis hin. Ich hab Paris eigentlich nie sehr gut kennengelernt, weil ich nur ungefähr ein- bis zweimal in der Woche mit meinem Alten von Maisons hereinkam, und er saß dann immer vor dem *Café de la Paix* auf der Seite, wo die Oper ist, mit der übrigen Clique aus Maisons zusammen, und ich glaube, daß dies wohl mit die geschäftigste Gegend der Stadt ist. Aber wissen Sie, eigentlich ist es doch komisch, daß eine große Stadt wie Paris keine Galleria hat, nicht wahr?

Also, wir wohnten draußen in Maisons-Lafitte bei einer Frau Meyers, die eine Pension hat, wo eigentlich alles bis auf die Clique aus Chantilly wohnt. Maisons ist wohl der fabelhafteste Platz zum Leben, den es überhaupt gibt. Die Stadt ist nicht so toll, aber dort ist ein See und ein fabelhafter Wald, in dem wir uns den ganzen Tag herumtrieben, ein paar von uns Jungens, und mein Alter machte mir ein Katapult, und wir erbeuteten 'ne

Menge damit, aber das Beste war wohl eine Elster. Der kleine Dick Atkinson schoß eines Tages ein Kaninchen damit, und wir legten es unter einen Baum und saßen alle drumherum, und Dick hatte ein paar Zigaretten, und urplötzlich sprang das Kaninchen auf und schlug sich ins Gebüsch, und wir ihm nach, aber wir konnten es nicht finden. Donnerwetter, hatten wir einen Jux in Maisons. Frau Meyers gab mir morgens immer mein Essen mit, und ich war den ganzen Tag unterwegs. Französisch sprechen lernte ich schnell. Es ist eine leichte Sprache.

Sobald wir in Maisons angekommen waren, schrieb mein Alter wegen seiner Lizenz nach Mailand, und er war recht besorgt, bis sie kam. Gewöhnlich saß er mit der ganzen Gesellschaft in Maisons im *Café de Paris* rum; es gab 'ne Masse Kerle, die kannte er schon von vor dem Kriege, als er in Paris ritt und auch in Maisons gewohnt hatte, und man hat eine Menge Zeit, um herumzusitzen, weil die Arbeit in einem Rennstall eigentlich um 9 Uhr früh vorbei ist, das heißt für die Jockeys. Um 5 Uhr 30 früh nehmen sie den ersten Schub Gäule zum Morgengalopp ran und arbeiten den zweiten Posten um 8 Uhr. Das bedeutet allerhand zeitig aufstehen und auch zeitig ins Bett gehen. Wenn ein Jockey für jemanden reitet, kann er auch nicht saufen, weil, wenn er noch ein Junge ist, der Trainer ständig ein Auge auf ihn hat, und wenn er kein Junge mehr ist, dann paßt er eben selber auf sich auf. Deshalb sitzt ein Jockey, wenn er nicht gerade arbeitet, mit der ganzen Clique vor dem *Café de Paris*, und die können alle zwei bis drei Stunden vor einem Glas Vermouth mit Selter sitzen und reden und Geschichten erzählen und Billard spielen, und es ist so was wie ein Club oder ähnlich wie die Galleria in Mailand. Nur ist es eigentlich gar nicht wie die Galleria, weil ja da die ganze Zeit über alles vorbeikommt und alles um die Tische herumsitzt.

Na, mein Alter bekam seine Lizenz. Sie schickten sie ihm ohne ein Wort, und er ritt ein paarmal. Amiens und auf dem Lande und derartige Sachen, aber er schien kein Engagement zu bekommen. Alle hatten ihn gern, und wann ich auch vormittags ins Café kam, sicher fand ich da jemanden, der mit ihm trank, weil mein Alter nicht geizig war wie die meisten von diesen Jockeys, die ihren ersten Dollar beim Reiten auf der Weltausstellung in St. Louis neunzehnnullvier verdient haben. Das sagte mein Alter immer, wenn er George Burns aufziehen wollte. Aber es sah direkt aus, als ob alle sich davor drückten, meinem Alten irgendwelche Ritte zu geben.

Wir fuhren jeden Tag mit dem Auto von Maisons zu allen Rennen in der Gegend, und das war das Schönste von allem. Ich freute mich, wenn die Pferde nach dem Sommer aus Deauville zurückkamen, obschon damit das Rumtreiben im Wald ein Ende hatte, weil wir dann nach Enghien oder Tremblay oder Saint-Cloud rausfuhren, und ihnen von der Trainer- und Jockeytribüne aus zusahen. Na, in der Gesellschaft hab ich allerhand über Rennen gelernt, und der Hauptwitz lag eben darin, daß wir jeden Tag gingen.

Ich erinnere mich an eine Geschichte in Saint-Cloud. Es war ein großes Zweihunderttausend-Francs-Rennen mit sieben Nennungen, und Warcloud war großer Favorit. Ich ging mit meinem Alten zum Sattelplatz, um die Pferde anzusehen; solche Pferde haben Sie noch nie gesehen. Dieser Warcloud ist ein riesengroßer Goldfuchs und sieht aus wie das leibhaftige Rennen. Ich hab nie so 'n Pferd gesehen. Er wurde um den Sattelplatz geführt, hielt den Kopf gesenkt, und als er bei mir vorbeikam, wurde mir plötzlich ganz schwindlig, so schön war er. So ein wunderbares, rassiges, rennmäßig gebautes Pferd gibt es einfach gar nicht. Und er ging um den Sattelplatz und setzte seine Hufe gerade richtig und ruhig und vorsichtig und bewegte sich so leicht, als ob er wüßte, was er zu tun hatte, und er schlug nicht aus und bäumte sich nicht und machte auch keine wilden Augen wie die Verkaufsmähren, die vorher gedopt werden. Die Menge stand so dicht, daß ich ihn nicht mehr sehen konnte, außer eben mal seine vorübergehenden Beine und etwas Braunes, und mein Alter bahnte sich einen Weg aus dem Gewühl, und ich folgte ihm zur Jockeygarderobe zwischen den Bäumen, und auch da war eine Menschenmenge drum herum, aber der Mann an der Tür mit seiner Melone nickte meinem Alten zu, und wir gingen hinein, und alle saßen herum und machten sich fertig und zogen ihre Hemden über die Köpfe und zogen ihre Stiefel an, und es roch alles heiß und verschwitzt und nach Salben, und draußen war die Menschenmenge und stierte herein.

Mein Alter ging hinüber und setzte sich neben George Gardener, der gerade in seine Hose stieg, und sagte: »Was ist der Tip, George?« in ganz gewöhnlichem Tonfall, weil's gar keinen Zweck hat, herumzutasten, denn entweder kann ihm George etwas sagen oder er kann ihm nichts sagen.

»Er gewinnt nicht«, sagte George sehr leise, als er sich vornüberbeugte und seine Reithose unten zuknöpfte.

»Wer denn?« sagt mein Alter und beugt sich dicht rüber, damit niemand was hören kann.

»Foxless«, sagt George, »und wenn, heb mir ein paar Tickets auf.«

Mein Alter sagt etwas zu George in seinem gewöhnlichen Tonfall, und George antwortet so, wie wenn er ihn verulkt: »Setz nur nie auf das, was ich dir sage«, und wir drängeln uns durch die Menge, die hereinsah, bis zum Hundert-Francs-Toto durch. Aber ich wußte, da wurde ein Ding gedreht, denn George war der Jockey von Warcloud. Auf dem Weg holte sich mein Alter eine von den gelben Buchmacherlisten, und man legte Warcloud nur 5 zu 10, dann kommt als nächster Gefisidote mit 3 zu 1 und als fünfter auf der Liste dieser Foxless mit 8 zu 1. Mein Alter setzt 5000 Sieg und 1000 Platz auf Foxless, und wir gingen hinter der Haupttribüne herum, um die Treppen hinaufzugehen und einen Platz zu bekommen, um dem Rennen zuzusehen.

Wir waren fest eingekeilt, und zuerst kam ein Mann in einem grauen Zylinder, einem Gehrock und einer Peitsche, die er zusammengewickelt in der Hand hielt, heraus, und dann folgten dem alten Kerl im Schritt, eins hinter dem andern, die Pferde mit den Jockeys drauf und an jeder Seite ein Stalljunge, der die Zügel hielt. Zuerst kam Warcloud, der große Fuchs. Auf den ersten Blick sah er gar nicht so gewaltig aus, bis man die Länge seiner Beine und so die ganze Art, wie er gebaut ist und wie er sich bewegt, sah. Donnerwetter, war das ein Pferd! George Gardener ritt ihn, und sie bewegten sich langsam hinter dem alten Kerl her, der in seinem grauen Zylinder wie ein Zirkusdirektor in der Manege einherstolzierte. Hinter Warcloud, der sich geschmeidig und goldbraun in der Sonne bewegte, kam ein gutaussehender Rappe mit einem hübschen Kopf, den Tommy Archibald ritt, und hinter dem Rappen kam eine Reihe von fünf Pferden, die sich alle langsam wie in einer Prozession an den Tribünen und der Waage vorbeibewegten. Mein Alter sagte, der Rappe sei Foxless, und ich sah ihn daraufhin genau an, und es war schon ein gutaussehendes Pferd, aber mit Warcloud überhaupt nicht zu vergleichen.

Alles jubelte Warcloud zu, als er vorbeikam, und wahrhaftig, er war ein fabelhafter Gaul. Die ganze Prozession zog drüben an der anderen Seite des Innenfeldes vorbei und dann zurück zu unserem Ende der Bahn, und der Zirkusdirektor hieß die Stalljungen ein Pferd nach dem andern loslassen, so daß sie auf ihrem Weg zum Start an den Tribünen vorbeigaloppierten und jeder sie noch einmal gut ansehen konnte. Sie waren kaum einen Moment am Start, als die Glocke ertönte, und man sie weit weg im Innenfeld alle in einem Rudel auf den ersten Anhieb starten sah wie eine Reihe Spielzeugpferde. Ich beobachtete sie durch mein Glas, und Warcloud lag weit hinten, und einer der Füchse war Schrittmacher. Sie fegten herunter und um die Ecke und kamen vorbeigestampft, und Warcloud war ein gutes Stück zurück, als sie bei uns vorbeikamen und dieser Foxless-Gaul weit ausladend in Front. Einfach gemein, wenn sie so bei einem vorbeikommen, und man muß mitansehen, wie sie sich weiter und weiter entfernen und kleiner und kleiner werden und dann in den Kurven alle zusammenliegen und dann rum, in die Gerade herunterkommen, und man muß einfach wie verrückt fluchen. Endlich nehmen sie die letzte Kurve und kommen in den Einlauf, und dieses Foxless-Pferd liegt weit in Front. Alle machen komische Gesichter und sagen »Warcloud«, irgendwie beinahe jämmerlich, während sie die Gerade herunterstampfen, und dann kam etwas wie ein pferdeköpfiger goldbrauner Strich aus dem Bündel raus, direkt in mein Glas, und alle fingen an »Warcloud!« zu brüllen wie die Verrückten. Warcloud holte schneller auf als alles, was ich in meinem ganzen Leben gesehen hatte, und pullte hinter Foxless auf, der schließlich so schnell war, wie irgendein Rappe nur sein konnte, aus dem der Jockey das Letzte herauspeitscht, und sie lagen einen Moment Kopf an Kopf, aber es sah aus, als ob Warcloud doppelt so schnell war mit diesen Riesensprüngen und dem nach vorn gestreckten Kopf – aber als sie Kopf an Kopf lagen, gingen sie durchs Ziel, und als die Nummern hochgezogen wurden, war Nummer 2 der erste und das hieß, daß Foxless gewonnen hatte.

Mir war ganz komisch und zittrig in den Beinen, und dann waren wir zwischen all den Leuten eingeklemmt, die runtergingen, um vor dem Brett zu stehen, wo angeschrieben wurde, was Foxless gab. Ehrenwort, während des Rennens hatte ich ganz vergessen, wieviel mein Alter auf Foxless gesetzt hatte. Ich hatte so brennend gewünscht, daß Warcloud gewinnen sollte. Aber jetzt, wo's vorbei war, war's schon okay, daß wir den Sieger hatten.

»Fabelhaftes Rennen, Dad, nicht?« sagte ich zu ihm.

Er sah mich irgendwie ein bißchen komisch an, mit seiner Melone tief im Nacken. »George Gardener ist schon ein fabelhafter Jockey, das steht fest«, sagte er. »Da muß man schon ein erstklassiger Jockey sein, damit Warcloud nicht gewinnt.«

Natürlich hatte ich die ganze Zeit gewußt, daß es Schiebung war. Aber wie mein Alter das so sagte, nahm mir das den ganzen Elan, und ich bekam auch den wirklichen Elan nicht wieder, als sie die Zahlen anschrieben und die Glocke zur Auszahlung rief, und wir sahen, daß Foxless 67,50 für 10 gab. Überall sagten Leute: »Armer Warcloud, armer Warcloud.« Und ich dachte, ich wünschte, ich wäre ein Jockey und hätte ihn reiten können, an Stelle von diesem Scheißkerl. Und das war eigentlich komisch, an George Gardener als Scheißkerl zu denken, weil ich ihn immer gern gemocht hatte, und außerdem hatte er uns ja den Tip gegeben, aber wahrscheinlich ist er das doch.

Mein Alter hatte nach diesem Rennen eine schwere Menge Geld, und er gewöhnte sich daran, öfter nach Paris zu fahren. Wenn in Tremblay ein Rennen gelaufen wurde, ließ er sich auf dem Rückweg nach Maisons in Paris absetzen, und er und ich setzten uns dann vors *Café de la Paix* und sahen uns die Leute an, die vorübergingen. Es ist komisch, da zu sitzen. Ströme von Menschen kommen vorbei, und alle möglichen Kerle kommen ran und wollen einem was verkaufen, und ich fand es herrlich, mit meinem Alten da zu sitzen. Das war der größte Jux. Da gab es Kerle, die einem komische Kaninchen verkaufen wollten, die sprangen, wenn man auf einen Ball drückte, und die kamen zu uns ran, und mein Alter machte Ulk mit ihnen. Er sprach Französisch genauso wie Englisch und alle diese Kerls kannten ihn, weil man einen Jockey immer erkennen kann – und dann saßen wir auch immer am gleichen Tisch, und sie gewöhnten sich daran, uns da zu sehen. Manche Kerle verkauften Heiratsurkunden, und manche Mädchen verkauften Gummieier, und wenn man darauf drückte, kam ein Hahn heraus; und ein alter, wurmstichig aussehender Kerl kam mit Ansichtskarten von Paris vorbei, und er zeigte sie allen, und natürlich kaufte nie jemand welche, und dann kam er wieder zurück und zeigte die untere Hälfte des Haufens, und das waren lauter unanständige Postkarten, und eine Menge Leute wühlten darin und kauften welche.

Himmel, ich erinnere mich an komische Leute, die vorbeikamen, Mädchen zur Abendbrotzeit, die jemanden suchten, der sie zum Essen einlud, und sie sprachen meinen Alten an, und der antwortete ihnen mit einem Witz auf französisch, und sie strichen mir über den Kopf und gingen weiter. Einmal saß am Nebentisch eine Amerikanerin mit ihrer kleinen Tochter, und sie aßen beide Eis, und ich sah das Mädchen die ganze Zeit über an, und sie sah süß aus, und ich lächelte ihr zu, und sie lächelte mir zu, aber das war auch alles, was passierte; denn ich sah jeden Tag nach ihr und ihrer Mutter aus, und ich überlegte, wie ich sie ansprechen würde, und ich war neugierig, ob ihre Mutter, wenn ich mit ihnen erst bekannt war, mir erlauben würde, sie nach Auteuil oder Tremblay einzuladen, aber ich sah keine von beiden jemals wieder. In jedem Fall, glaube ich, wär's erfolglos geblieben, in jedem Fall; denn, wenn ich zurückdenke, erinnere ich mich, daß ich folgendes damals für die günstigste Art hielt, sie anzusprechen: »Verzeihung, darf ich Ihnen vielleicht einen Tip heute für Enghien geben?« Und es kann schon sein, daß sie mich für einen Anreißer gehalten und mir nicht geglaubt hätte, daß ich ihnen wirklich den Sieger geben wollte.

Wir sitzen im *Café de la Paix*, mein Alter und ich, und wir haben bei dem Kellner einen Stein im Brett, weil mein Alter Whisky trinkt und der 5 Francs kostet, und das bedeutet ein gutes Trinkgeld, wenn die Untertassen addiert werden. Mein Alter trank mehr, als ich es bei ihm gewohnt war, aber er ritt jetzt überhaupt nicht mehr, und außerdem sagte er, daß Whisky sein Gewicht runter hielte. Aber ich sah, wie er dabei trotzdem jeden Tag zunahm. Er mied die ganze Clique aus Maisons und schien am liebsten mit mir auf dem Boulevard herumzusitzen. Aber er verlor jeden Tag beim Rennen Geld. Nach dem letzten Rennen fühlte er sich, wenn er an dem Tag verloren hatte, immer irgendwie ein bißchen kläglich, bis wir dann wieder an unserem Tisch saßen und er seinen ersten Whisky intus hatte; dann ging's ihm wieder glänzend.

Er liest den *Paris-Sport* und sieht zu mir rüber und sagt: »Na, wo bleibt deine Freundin, Joe?«, um mich wegen der Kleinen vom Nebentisch, von der ich ihm erzählt hatte, aufzuziehen. Und ich werde rot, aber ich laß mich gern ihretwegen aufziehen. Es macht mich froh. »Mach nur ordentliche Stielaugen, Joe«, würde er sagen, »sie wird schon wiederkommen.«

Dann fragte er mich allerhand, und über manche meiner Antworten lachte er. Und dann fing er an zu erzählen. Über seine Ritte unten in Ägypten oder in St. Moritz auf dem Eis, bevor meine Mutter starb, und über die während des Krieges, als sie unten in Südfrankreich richtige Rennen ritten, ohne Geld, ohne Zuschauer, ohne irgend etwas, nur wegen der Zucht. Richtige Rennen, wo die Jockeys das Letzte aus den Gäulen herausholten. Himmel, ich konnte meinem Alten stundenlang zuhören, hauptsächlich, nachdem er sich ein paar hinter die Binde gegossen hatte. Er erzählte mir von Kentucky, als er ein Junge war, und wie er auf die Waschbärenjagd ging, und so von früher, bevor alles in den Staaten zum Teufel ging. Und dann sagte er: »Joe, wenn wir erst mal 'n anständigen Batzen Geld haben, fährst du rüber nach Amerika und gehst da zur Schule.«

»Was soll ich denn da in der Schule, wenn alles zum Teufel gegangen ist?« würde ich ihn fragen.

»Das ist was anderes«, war seine Antwort, und er rief den Kellner, bezahlte den Stapel Untertassen, und dann nahmen wir ein Taxi zur Gare Saint-Lazare und stiegen in unseren Zug nach Maisons.

Eines Tages in Auteuil erstand mein Alter nach einem Verkaufs-Hindernisrennen den Sieger für 30000 Francs. Er mußte ein bißchen bieten, aber das Gestüt ließ den Gaul schließlich gehen, und mein Alter kriegte seine Zulassung und seine Farben innerhalb einer Woche. Himmel, was war ich stolz, daß mein Alter Rennstallbesitzer war! Er wurde mit Charles Drake über eine Box einig, und mit Paris war's Schluß, und er fing wieder mit seinem Laufen und Schwitzen an, und er und ich waren das ganze Stallpersonal. Unser Pferd hieß Gilford, irische Zucht, und war ein gutes, zuverlässiges Springpferd. Mein Alter hielt ihn, da er ihn selbst trainierte und ritt, für eine gute Anlage. Ich war auf alles stolz und fand, daß Gilford genauso 'n gutes Pferd war wie Warcloud. Er war ein guter, sicherer Springer, ein Fuchs, der auf der Flachen genug Tempo hergab, wenn man es von ihm verlangte, und außerdem sah er gut aus.

Donnerwetter, hatte ich ihn gern. Das erste Mal, als er unter meinem Alten startete, wurde er dritter in einem Zweitausendfünfhundert-Meter-Hürdenrennen, und als mein Alter schwitzend und glücklich abstieg und zur Waage ging, war ich so stolz auf ihn, als ob er das erste Mal in seinem ganzen Leben in einem Rennen placiert war. Wissen Sie, wenn ein Kerl eine Weile nicht geritten ist, kann man sich's kaum vorstellen, daß er überhaupt jemals geritten ist. Die ganze Sache war jetzt anders, denn in Mailand hatten selbst große Rennen meinem Alten nicht das geringste ausgemacht; wenn er siegte, war er nie aufgeregt, oder so was, und jetzt war's so, daß ich die Nacht vor dem Rennen kaum schlafen konnte, und ich wußte, auch mein Alter war aufgeregt, selbst wenn er's nicht zeigte. Für sich selbst reiten, das macht einen verteufelten Unterschied.

Das zweite Mal, als Gilford und mein Alter starteten, war an einem regnerischen Sonntag, in Auteuil im Prix du Marat, einem Hindernisrennen von 4500 Metern. Sobald er draußen war, suchte ich meinen Alten mit dem neuen Glas, das er mir geschenkt hatte, damit ich sie beobachten konnte. Sie starteten ganz am anderen Ende der Bahn, und es gab Schwierigkeiten am Startband. Etwas mit Scheuklappen machte Umstände, bäumte sich auf und riß das Startband einmal durch, aber ich konnte meinen Alten in unserer schwarzen Jacke mit dem weißen Kreuz und seiner schwarzen Kappe erkennen, wie er auf Gilford saß und ihn mit der Hand beruhigte. Dann waren sie mit einem Sprung weg und außer Sicht hinter den Bäumen, und die Glocke läutete, wie ums liebe Leben, und die Wettschalter rasselten herunter. Himmel, ich war so aufgeregt, daß ich kaum hinzusehen wagte, aber ich stellte mein Glas auf den Fleck ein, wo sie hinter den Bäumen wieder zum Vorschein kommen mußten, und dann kamen sie raus mit der alten

Schwarzjacke als dritten, und sie segelten wie Vögel über das Hindernis weg. Dann gingen sie wieder außer Sicht, und dann kamen sie angestampft und den Hügel herunter, und alle liefen leicht und geschmeidig und mühelos und nahmen die Hürde ganz glatt alle zusammen und bewegten sich in geschlossenem Feld von uns weg. Es sah aus, als ob man über ihre Rücken gehen konnte, so dicht lagen sie zusammen und so weich war die Bewegung. Dann setzten sie über die große Doppelhecke, und etwas fiel herunter. Ich konnte nicht sehen, wer es war, aber in einer Minute stand das Pferd wieder auf den Beinen und galoppierte herrenlos umher, und das ganze Feld fegte noch dicht beieinander um die linke Kurve in die Gerade. Sie nahmen den Steinwall und kamen zusammengekeilt die Gerade herunter bis zum großen Wassergraben direkt vor den Tribünen. Ich sah sie herankommen und brüllte meinem Alten zu, als er vorbeikam, und er führte um ungefähr eine Länge und ritt leicht wie ein Affe vorneweg, und sie pesten auf den Wassergraben zu. Sie nahmen alle zusammen die große Hecke am Wassergraben, und dann gab es einen Sturz, und zwei Pferde zogen sich seitwärts raus und liefen weiter, und drei andere waren festgerammt. Ich konnte meinen Alten nirgends sehen. Ein Pferd kniete sich hoch, und sein Jockey ergriff die Zügel, stieg auf und peitschte drauf los ums Platzgeld. Das andere Pferd stand und lief dann ohne Reiter, schlug mit dem Kopf und galoppierte mit hängenden Zügeln, und der Jockey stolperte hinüber auf die andere Seite der Bahn gegen den Zaun. Dann rollte Gilford auf die Seite, von meinem Alten runter und stand auf und fing an, auf drei Beinen zu laufen und schlenkerte mit seinem gebrochenen Vorderhuf umher, und da lag mein Alter flach auf dem Gras mit dem Gesicht nach oben und die ganze Seite von seinem Kopf voller Blut. Ich rannte die Tribüne hinunter und stieß auf einen Menschenknäuel und kam bis ans Gitter, und ein Polizist packte mich und hielt mich fest, und zwei große Bahrenträger gingen raus, um meinen Alten zu holen, und auf der anderen Seite sah ich drei Pferde weit auseinandergezogen hinter den Bäumen hervorkommen und das Hindernis nehmen.

Mein Alter war tot, als sie ihn reinbrachten, und während ein Arzt mit einem Ding, das er sich in die Ohren steckte, sein Herz behorchte, hörte ich draußen auf der Bahn einen Schuß, und das hieß, daß sie Gilford erschossen hatten. Ich legte mich neben meinen Alten, als sie die Bahre ins Ambulanzzimmer trugen, und hielt mich an der Bahre fest und weinte und weinte, und er sah so weiß und weit weg und so schrecklich tot aus, und ich mußte immer denken, wo schon mein Alter tot war, hätte man doch vielleicht Gilford nicht auch noch zu erschießen brauchen. Sein Huf hätte doch wieder werden können. Ich weiß nicht. Ich hab meinen Alten schrecklich liebgehabt.

Dann kamen ein paar Kerls rein, und einer klopfte mir auf den Rücken und ging dann hinüber und sah meinen Alten an und nahm dann ein Laken von der Pritsche und deckte es über ihn, und ein anderer telefonierte auf französisch nach einem Krankenwagen, um ihn nach Maisons zu bringen. Und ich konnte nicht aufhören mit Weinen und Weinen und so 'ner Art Würgen, und George Gardener kam rein und setzte sich neben mich auf die Erde und legte seinen Arm um mich und sagte: »Na, komm, Joe, alter Junge, steh auf, wir wollen rausgehen und auf den Krankenwagen warten.«

George und ich gingen zum Tor, und ich versuchte mit Heulen aufzuhören, und George wischte mir das Gesicht mit seinem Taschentuch ab, und wir standen ein bißchen abseits, während die Menge durch das Tor hinausströmte, und zwei Kerle blieben dicht bei uns stehen, während wir darauf warteten, daß die Leute durch das Tor rausgingen, und einer von ihnen zählte ein Bündel Tickets und sagte: »Na, Butler hat sein Teil abbekommen.«

Der andere Kerl sagte: »Ist mir ganz wurst, ob er's abgekriegt hat oder nicht, dieser Gauner! So, wie der's getrieben hat, war's nicht anders zu erwarten.«

»Das kann man wohl sagen«, sagte der andere Kerl und riß das Bündel Tickets in Stücke.

Und George Gardener guckte mich an, um zu sehen, ob ich's gehört hatte, und ich hatte natürlich alles gehört, und er sagte: »Hör nicht auf das, was die Scheißkerle reden, Joe. Dein Alter war ein fabelhafter Kerl.«

Aber ich weiß nicht recht. Scheint, wenn die mal loslegen, dann bleibt überhaupt nichts von einem Kerl übrig.

Zehn Indianer

Nach einem 4. Juli kam Nick, als er spät abends mit Joe Garner und dessen Familie in dem großen Wagen aus der Stadt nach Hause fuhr, auf der Landstraße an neun betrunkenen Indianern vorbei. Er erinnerte sich, daß es neun gewesen waren, weil Joe Garner, der in der Dämmerung den Wagen lenkte, die Pferde zum Stehen brachte, auf die Straße hinuntersprang und einen Indianer aus der Räderspur zerrte. Der Indianer hatte mit dem Gesicht im Sand gelegen und geschlafen. Joe schleifte ihn ins Gebüsch und stieg wieder auf den Bock. »Das ist jetzt der neunte allein vom Stadtrand bis hierher«, sagte Joe.

»Nein, diese Indianer«, sagte Mrs. Garner.

Nick saß mit den beiden Garner-Jungens auf dem Rücksitz. Er versuchte, vom Rücksitz aus den Indianer zu erspähen, da, wo ihn Joe längs der Straße hingeschleift hatte.

»War es Billy Tabeshaw?« fragte Carl.

»Nein.«

»Die Hose sah mächtig nach Billy aus.«

»Alle Indianer tragen die gleiche Art Hosen.«

»Ich hab ihn überhaupt nicht gesehen«, sagte Frank. »Pa war unten auf der Straße und schon wieder oben, bevor ich irgendwas gesehen hatte. Ich dachte, daß er eine Schlange tötet.«

»Na, wahrscheinlich werden viele Indianer heute nacht Schlangen töten«, sagte Joe Garner.

»Nein, diese Indianer«, sagte Mrs. Garner.

Sie fuhren weiter. Der Weg bog von der großen Landstraße ab und führte hinauf in die Hügel. Die Pferde hatten schwer zu ziehen, und die Jungens stiegen aus und gingen zu Fuß. Die Straße war sandig. Nick blickte von der Kuppe des Hügels neben der Schule zurück. Er sah die Lichter von Petoskey und jenseits der Little Traverse Bay die Lichter von Harbor Springs. Sie kletterten wieder in den Wagen.

»Die sollten auf dieser Strecke eigentlich Kies streuen«, sagte Joe Garner. Der Wagen fuhr die Straße entlang durch den Wald. Joe und Mrs. Garner saßen dicht beieinander auf dem Vordersitz. Nick saß zwischen den beiden Jungens. Die Straße führte auf eine Lichtung.

»Gerade hier hat Pa den Skunk überfahren.«

»Es war weiter unten.«

»Das ist doch wirklich egal, wo es war«, sagte Joe, ohne den Kopf zu wenden. »Um einen Skunk zu überfahren, ist ein Ort so gut wie der andere.«

»Gestern abend habe ich zwei Skunks gesehen«, sagte Nick.

»Wo?«

»Unten am See. Sie suchten am Strand nach toten Fischen.«

»Wahrscheinlich waren es Waschbären«, sagte Carl.

»Es waren Skunks. Ich glaube, ich weiß, was 'n Skunk ist.«

»Solltest du eigentlich«, sagte Carl, »du hast ja ein indianisches Mädchen.«

»Hör schon auf damit, Carl«, sagte Mrs. Garner.

»Die riechen nämlich ungefähr ebenso.«

Joe Garner lachte.

»Du, hör auf zu lachen, Joe«, sagte Mrs. Garner. »Ich erlaube nicht, daß Carl so spricht.«

»Hast du 'n indianisches Mädchen, Nickie?« fragte Joe.

»Nein.«

»Er hat aber, Pa«, sagte Frank. »Prudence Mitchell ist sein Mädchen.«

»Das ist sie nicht.«

»Er besucht sie jeden Tag.«

»Tu ich nicht.« Nick, der in der Dunkelheit zwischen den beiden Jungens saß, fühlte sich in seinem Innern leer und glücklich, weil man ihn wegen Prudence Mitchell aufzog. »Sie ist nicht mein Mädchen«, sagte er.

»Hör ihn dir an«, sagte Carl. »Ich sehe sie jeden Tag zusammen.«

»Carl kann kein Mädchen kriegen«, sagte seine Mutter. »Nicht mal eine Squaw.«

Carl schwieg.

»Carl versteht's nicht mit Mädchen«, sagte Frank.

»Du, halt den Mund.«

»Du bist goldrichtig, Carl«, sagte Joe Garner. »Mädchen haben noch keinem Mann Glück gebracht. Sieh dir deinen Pa an.«

»Das sieht dir ähnlich, so zu reden.« Mrs. Garner rückte näher an Joe heran, als der Wagen stieß. »Na, du hast doch, als du jung warst, genug Mädchen gehabt.«

»Na, ich wette, daß Pa niemals eine Squaw zum Schatz gehabt hat.«

»Das glaub du nicht«, sagte Joe. »Nick, gib nur acht, daß du Prudie behältst.«

Seine Frau flüsterte ihm etwas zu, und Joe lachte.

»Worüber lachst du denn?« fragte Frank.

»Daß du es nicht sagst, Garner«, warnte ihn seine Frau.

Joe lachte von neuem.

»Nickie kann Prudence behalten«, sagte Joe Garner. »Ich hab ein nettes Mädchen.«

»Schöne Art zu reden«, sagte Mrs. Garner.

Die Pferde zogen schwer in dem Sand. Joe schwang in der Dunkelheit die Peitsche.

»Los doch, legt euch mal rein. Morgen müßt ihr noch schwerer ziehen.«

Sie trotteten den langen Hügel hinunter; der Wagen

stieß. Vor dem Farmhaus stiegen alle aus. Mrs. Garner schloß die Tür auf, ging hinein und kam mit einer Lampe in der Hand wieder. Carl und Nick luden die Sachen hinten vom Wagen ab. Frank saß auf dem Vordersitz, um zur Scheune zu fahren und die Pferde einzustellen. Nick ging die Stufen hinauf und öffnete die Küchentür. Mrs. Garner war gerade dabei, Feuer im Herd zu machen. Sie goß Petroleum auf das Holz und wandte sich um.

»Auf Wiedersehen, Mrs. Garner«, sagte Nick. »Und noch schönen Dank fürs Mitnehmen!«

»Red keinen Unsinn, Nickie.«

»Ich hab mich herrlich amüsiert.«

»Wir freuen uns, wenn du kommst. Willst du nicht bleiben und Abendbrot mitessen?«

»Ich geh lieber. Wahrscheinlich ist Vater meinetwegen aufgeblieben.«

»Na, dann lauf nur! Schick Carl ins Haus, ja?«

»Schön.«

»Gute Nacht, Nickie.«

»Gute Nacht, Mrs. Garner.«

Nick ging aus dem Hof und hinunter zur Scheune. Joe und Carl waren beim Melken.

»Gute Nacht«, sagte Nick. »Es war wunderbar.«

»Gute Nacht, Nick«, rief Joe Garner. »Bleibst du denn nicht und ißt mit uns?«

»Nein, ich kann nicht. Wollen Sie Carl sagen, daß er zu seiner Mutter kommen soll?«

»Schön. Gute Nacht, Nickie.«

Nick ging barfuß den Weg entlang über die Wiese unterhalb der Scheune. Der Weg war glatt, und der Tau war kühl an seinen nackten Füßen. Er kletterte über einen Zaun am Ende der Wiese, stieg durch eine Schlucht hinab, und seine Füße wurden naß in dem schlammigen Morast, und dann kletterte er durch den trockenen Buchenwald hinauf, bis er die Lichter der Hütte erblickte. Er kletterte über den Zaun und ging herum bis zur vorderen Veranda. Durch das Fenster sah er seinen Vater am Tisch sitzen und beim Licht der großen Lampe lesen. Nick öffnete die Tür und ging hinein.

»Nun, Nickie«, sagte sein Vater. »War es schön?«

»Fabelhaft, Daddy. Es war ein fabelhafter 4. Juli.«

»Hast du Hunger?«

»Na und ob.«

»Was hast du denn mit deinen Schuhen gemacht?«

»Ich hab sie bei Garners im Wagen gelassen.«

»Komm raus in die Küche.«

Nicks Vater ging mit der Lampe voran. Er blieb stehen und hob den Deckel vom Eisschrank. Nick ging weiter in die Küche. Sein Vater brachte ein Stück kaltes Huhn auf einem Teller herein und einen Krug mit Milch und stellte beides vor Nick auf den Tisch. Er setzte die Lampe hin.

»Es gibt auch noch Pudding«, sagte er. »Wirst du damit genug haben?«

»Ja, großartig.«

Sein Vater setzte sich auf einen Stuhl neben den mit Wachstuch bedeckten Tisch. Er warf einen großen Schatten auf die Küchenwand.

»Wer hat beim Football gewonnen?«

»Petoskey. Fünf zu drei.«

Sein Vater saß da und sah ihm beim Essen zu und füllte sein Glas aus dem Milchkrug. Nick trank und wischte sich den Mund an der Serviette ab. Sein Vater langte auf das Bord hinüber nach dem Pudding. Er schnitt Nick ein großes Stück davon ab. Es war Heidelbeerpudding.

»Was hast du gemacht, Dad?«

»Morgens bin ich angeln gegangen.«

»Was hast du gefangen?«

»Nur Barsche.«

Sein Vater saß und beobachtete, wie Nick seinen Pudding aß.

»Was hast du denn heute nachmittag gemacht?« fragte Nick.

»Ich bin beim Indianerlager spazierengegangen.«

»Hast du wen gesehen?«

»Die Indianer waren alle in der Stadt, um sich zu betrinken.«

»Hast du überhaupt niemand gesehen?«

»Ich habe deine Freundin Prudie gesehen.«

»Wo war sie?«

»Sie war mit Frank Washburn zusammen im Wald. Ich stieß auf sie; sie amüsierten sich nicht schlecht.«

Sein Vater sah ihn nicht an.

»Was machten sie?«

»Ich bin nicht stehengeblieben, um das festzustellen.«

»Sag mir, was sie machten.«

»Ich weiß nicht«, sagte sein Vater. »Ich habe nur gehört, wie sie sich rumwälzten.«

»Woher weißt du, daß sie's waren?«

»Ich sah sie.«

»Ich dachte, du hast gesagt, daß du sie nicht gesehen hast.«

»O doch, ich habe sie gesehen.«

»Mit wem war sie?« fragte Nick.

»Frank Washburn.«

»Waren sie – waren sie –?«

»Waren sie was?«

»Waren sie glücklich?«

»Ich glaub schon.«

Sein Vater stand vom Tisch auf und ging durch die Fliegentür aus der Küche. Als er zurückkam, sah Nick auf seinen Teller. Er hatte geweint.

»Willst du noch was?« Sein Vater nahm das Messer in die Hand, um ein Stück Pudding abzuschneiden.

»Nein«, sagte Nick.

»Iß doch noch ein Stück.«

»Nein, ich mag nicht mehr.«

Sein Vater räumte den Tisch ab.

»Wo waren sie im Wald?« fragte Nick.

»Oben, hinter dem Lager.« Nick sah auf seinen Teller. Sein Vater sagte: »Geh mal jetzt schlafen, Nick.«

»Schön.«

Nick ging in sein Zimmer hinauf, zog sich aus und legte sich zu Bett. Er hörte seinen Vater im Wohnzimmer herumwirtschaften. Nick lag im Bett mit dem Gesicht im Kopfkissen.

Mein Herz ist gebrochen, dachte er. Wenn ich mich so fühle, ist mein Herz sicher gebrochen.

Nach einer Weile hörte er, wie sein Vater die Lampe ausblies und in sein Zimmer ging. Er hörte, wie sich draußen in den Bäumen ein Wind erhob, und fühlte ihn kühl durch das Fliegenfenster hereinkommen. Er lag eine lange Zeit so, mit dem Gesicht in dem Kissen, und nach einer Weile vergaß er, an Prudence zu denken, und am Ende schlief er ein. Als er nachts aufwachte, hörte er draußen den Wind in den Schierlingstannen vor der Hütte und die Wellen, die sich am Ufer des Sees brachen, und er schlief wieder ein. Am Morgen blies ein starker Sturm, und die Wellen liefen hoch den Strand hinauf, und er war eine ganze Zeit lang wach, bevor ihm einfiel, daß sein Herz gebrochen war.

Müde bin ich, geh zur Ruh

In jener Nacht lagen wir im Zimmer auf dem Fußboden, und ich hörte dem Fressen der Seidenraupen zu. Die Seidenraupen fraßen Maulbeerblätter auf den Hürden, und die ganze Nacht über hörte man sie fressen und ein fallendes Geräusch in den Blättern. Ich für mein Teil wollte nicht schlafen, weil ich schon sehr lange mit dem Wissen lebte, daß meine Seele, falls ich je im Dunkeln die Augen zumachte und mich gehenließ, meinen Körper verlassen würde. So war ich schon sehr lange, seit damals, als ich nachts in die Luft gesprengt worden war und gefühlt hatte, wie sie aus mir herausgefahren und weg und dann wieder zurückgekehrt war. Ich versuchte, niemals daran zu denken, aber sie pflegte jetzt immer nachts aus mir herauszufahren, gerade in dem Augenblick, wenn ich am Einschlafen war, und ich konnte es nur mit sehr großer Anstrengung verhindern. Und während ich jetzt ziemlich sicher bin, daß sie meinen Körper nicht wirklich verlassen hätte, wollte ich es damals in jenem Sommer nicht auf den Versuch ankommen lassen.

Ich hatte verschiedene Arten, mich zu beschäftigen, während ich so wach dalag. Ich dachte an einen Forellenstrom, in dem ich vor langer Zeit als Junge geangelt hatte, und fischte ihn in Gedanken seiner ganzen Länge nach sorgfältig ab, fischte sehr sorgfältig unter all den Baumstämmen, allen Uferbiegungen nach, in allen tiefen Stellen und den klaren, flachen Strecken, und manchmal fing ich Forellen und manchmal entkamen sie auch. Mittags machte ich eine Pause, um meine Brote zu essen, manchmal auf einem Baumstamm über dem Strom, manchmal an einem hohen Ufer unter einem Baum, und ich aß meine Brote immer sehr langsam und beobachtete, während ich aß, den Strom unter mir. Oft ging mir der Köder aus, weil ich immer nur zehn Würmer in einer Tabaksbüchse mitnahm, wenn ich losging. Hatte ich sie alle aufgebraucht, mußte ich neue Würmer finden, und manchmal war es sehr schwierig, am Ufer des Stromes zu graben, wo die Zedern die Sonne abhielten und es kein Gras, sondern nur kahle, feuchte Erde gab, und oft fand ich keine Würmer. Aber ich fand immer irgendeine Art Köder, nur an einem Tag im Sumpf konnte ich überhaupt keinen Köder finden und mußte eine der Forellen, die ich gefangen hatte, in Stücke schneiden und sie als Köder benutzen.

Manchmal fand ich in den sumpfigen Wiesen, im Gras oder unter den Farnkräutern Insekten und benutzte diese. Da gab es Käfer und Insekten, deren Beine wie Grashalme aussahen, und Engerlinge in alten, morschen Baumstämmen, weiße Engerlinge mit braunen, zubeißenden Köpfen, die nicht am Haken blieben und sich im kalten Wasser in nichts auflösten, und Holzwürmer unter Baumstämmen, wo ich manchmal Angelwürmer fand, die im Boden verschwanden, sobald ich den Stamm hochhob. Einmal benutzte ich einen Salamander, den ich unter einem alten Baumstamm fand. Der Salamander war sehr klein und zierlich und behende und von wunderbarer Farbe. Er hatte winzige Füße, mit denen er sich am Haken festzuhalten versuchte, und nach diesem einen Mal benutzte ich nie wieder einen Salamander, obschon ich sehr häufig welche fand. Auch Grillen benutzte ich nicht wegen der Art und Weise, wie sie sich am Haken benahmen.

Manchmal lief der Strom durch eine offene Wiese, und ich konnte im trockenen Gras Grashüpfer fangen und sie als Köder benutzen, und manchmal fing ich Grashüpfer und warf sie in den Strom und beobachtete, wie sie schwimmend auf dem Strom entlangtrieben, und wenn die Strömung sie ergriff Kreise beschrieben und dann verschwanden, wenn eine Forelle auftauchte. Manchmal fischte ich so vier oder fünf verschiedene Ströme in einer Nacht ab. Ich begann so nah wie irgend möglich an der Quelle und fischte stromabwärts. Wenn ich zu schnell fertig war und die Zeit nicht herumging, fischte ich den Strom noch einmal ab, indem ich da, wo er sich in den See ergoß, begann und den Strom hinaufging und all die Forellen zu bekommen suchte, die mir vorher entgangen waren. In manchen Nächten erfand ich auch Ströme, und manche waren sehr aufregend, und es erschien mir alles wie ein Wachtraum. An manchen dieser Ströme kann ich mich noch erinnern, und ich glaube, daß ich in ihnen gefischt habe, und sie verschwimmen in meiner Erinnerung mit den Strömen, die ich tatsächlich kenne. Ich gab ihnen allen Namen und fuhr mit der Eisenbahn hin und ging manchmal noch meilenweit zu Fuß, um zu ihnen zu gelangen.

Aber in manchen Nächten konnte ich nicht fischen, und in diesen Nächten war ich frierend-wach und sagte meine Gebete wieder und wieder her und versuchte, für alle Leute, die ich je gekannt hatte, zu beten. Das nahm eine Menge Zeit in Anspruch, denn wenn man versucht, sich an alle Leute, die man je gekannt hat, zu erinnern, und man zu den frühesten Dingen, an die man sich erinnern kann, zurückgeht – was bei mir der Dachboden in dem Haus war, in dem ich zur Welt kam und wo der Hochzeitskuchen meiner Eltern in einer Blechbüchse von einem Sparren herabhing, und auf dem Dachboden unzählige Gläser mit Schlangen und anderem Zeugs standen, die mein Vater als Junge gesammelt und in Alkohol präpariert aufgehoben hatte – und der Alkohol war in manchen Gläsern so weit gesunken, daß die Rükken einiger Schlangen und anderer Tiere freilagen und weiß geworden waren –, wenn man so weit zurückdachte, erinnerte man sich an eine Menge Leute. Wenn man für sie alle betete und für jeden ein Ave Maria und ein Vaterunser sagte, nahm es viel Zeit, und schließlich wurde es hell, und dann konnte man einschlafen, wenn man an einem Ort war, wo man bei Tageslicht schlafen konnte.

In jenen Nächten versuchte ich, mich an alles zu erinnern, was mir je passiert war, indem ich, gerade bevor ich in den Krieg ging, begann und mich von einem zum andern zurückerinnerte. Ich stellte fest, daß ich mich nicht weiter als an jenen Dachboden in dem Haus meines Großvaters zurückerinnern konnte. Dann begann ich da und erinnerte mich so herum noch einmal an alles, bis ich wieder beim Krieg angelangt war.

Ich erinnerte mich, daß wir nach dem Tod meines Großvaters aus jenem Haus wegzogen und in ein neues, das meine Mutter entworfen und gebaut hatte. Alles mögliche, was nicht mitgenommen werden sollte, wurde auf dem Hof verbrannt, und ich erinnere mich, daß die Gläser aus der Bodenkammer ins Feuer geworfen wurden und wie sie in der Hitze sprangen und wie das Feuer durch den Alkohol hoch aufflammte. Ich erinnere mich, daß die Schlangen in dem Feuer auf dem Hof verbrannten. Aber hierbei kamen keine Menschen vor, sondern nur Dinge. Ich konnte mich nicht einmal mehr erinnern, wer die Sachen verbrannte, und ich fuhr weiter fort, bis ich auf Menschen stieß, und dann hielt ich an und betete für sie.

Ich erinnere mich, daß meine Mutter in dem neuen Haus ständig großreinmachte und eine Menge Sachen ausrangierte. Einmal, als mein Vater auf einem Jagdausflug war, veranstaltete sie ein richtiges Scheuerfest im Erdgeschoß und verbrannte alles, was dort nicht hingehörte. Als mein Vater nach Hause kam, aus seinem Jagdwagen stieg und das Pferd festgebunden hatte, brannte das Feuer noch auf der Straße neben unserem Haus. Ich ging ihm entgegen. Er reichte mir sein Gewehr und besah sich das Feuer. »Was ist denn das?« fragte er.

»Ich hab das Erdgeschoß ausgeräumt, mein Lieber«, sagte meine Mutter von der Veranda her. Sie stand da und lächelte zur Begrüßung. Mein Vater blickte ins Feuer und stieß mit dem Fuß gegen etwas. Dann bückte er sich und hob etwas aus der Asche auf. »Hol 'ne Harke, Nick«, sagte er zu mir. Ich ging ins Erdgeschoß und brachte ihm eine Harke, und mein Vater harkte vorsichtig in der Asche herum. Er harkte Steinäxte und steinerne Messer zum Abhäuten und Werkzeuge, um Pfeilspitzen zu schneiden, und Tonscherben und eine Menge Pfeilspitzen heraus. Sie waren alle vom Feuer geschwärzt und rissig. Mein Vater harkte sie alle sehr sorgfältig heraus und breitete sie auf dem Gras am Straßenrand aus. Sein Gewehr in dem Lederfutteral und seine Jagdtaschen lagen auf dem Gras, wo er sie hingelegt hatte, als er aus dem Jagdwagen gestiegen war.

»Nimm die Flinte und die Taschen ins Haus, Nick, und bring mir eine Zeitung«, sagte er. Meine Mutter war ins Haus gegangen. Ich nahm das Gewehr, das schwer zu tragen war und mir gegen die Beine schlug, und die beiden Jagdtaschen und machte mich damit auf den Weg. »Nimm eins nach dem andern«, sagte mein Vater. »Versuch nicht zuviel auf einmal zu tragen.« Ich legte die Jagdtaschen wieder hin und nahm die Flinte hinein und brachte eine Zeitung von dem großen Haufen, der im Arbeitszimmer meines Vaters lag, mit heraus. Mein Vater breitete all die geschwärzten und rissigen Steingeräte auf dem Papier aus und wickelte sie dann ein. »Die besten Pfeilspitzen sind alle kaputt«, sagte er. Er ging mit dem Papierbündel ins Haus, und ich blieb mit den beiden großen Jagdtaschen draußen auf dem Gras. Nach einer Weile brachte ich sie hinein. In dieser Erinnerung kamen nur zwei Personen vor, also betete ich für beide.

Aber in manchen Nächten konnte ich mich nicht einmal an meine Gebete erinnern. Ich kam nur so weit »Wie im Himmel also auch auf Erden«, und dann mußte ich von neuem anfangen und war völlig unfähig, darüber hinauszugelangen. Dann mußte ich mir eingestehen, daß ich mich nicht daran erinnern konnte, und mußte es aufgeben, in jener Nacht meine Gebete herzusagen, und irgend etwas anderes versuchen. So versuchte ich in manchen Nächten alle Tiere der Erde bei Namen zu nennen, und dann die Vögel und dann die Fische und dann Länder und Städte und dann die verschiedensten Lebensmittel und die Namen aller Straßen, an die ich mich in Chicago erinnern konnte, und wenn ich mich überhaupt an nichts mehr erinnern konnte, dann lag ich nur so da und lauschte. Und ich erinnere mich an keine Nacht, in der man nicht etwas hören konnte. Wenn ich ein Licht haben konnte, hatte ich keine Angst vorm Einschlafen, weil ich wußte, daß meine Seele nur im Dunkeln aus mir herausfahren würde. Und natürlich war ich viele Nächte an Orten, wo ich ein Licht haben konnte, und dann schlief ich ein, denn ich war beinahe immer müde und oft sehr schläfrig. Und ich bin auch überzeugt, daß ich sehr oft einfach, ohne es zu wissen, schlief – aber ich schlief nie wissentlich, und in dieser Nacht hörte ich den Seidenraupen zu. Nachts kann man ganz deutlich hören, wie die Seidenraupen fressen, und ich lag mit offenen Augen da und hörte ihnen zu.

Außer mir war nur noch ein anderer Mensch im Zimmer, und auch er war wach. Ich hörte seinem Wachsein eine ganze Zeitlang zu. Er konnte nicht so still liegen wie ich, vielleicht weil er nicht soviel Übung im Wachsein hatte. Wir lagen auf Wolldecken, die über das Stroh gebreitet waren, und wenn er sich bewegte, raschelte das Stroh, aber die Seidenraupen hatten vor keinem Geräusch, das wir machten, Angst und fraßen unbeirrt weiter. Man hörte draußen, sieben Kilometer hinter der Front, die nächtlichen Geräusche, aber sie waren anders als die kleinen Geräusche in der Dunkelheit in unserem Zimmer drinnen. Der andere Mann im Zimmer versuchte, still zu liegen. Dann bewegte er sich wieder. Ich bewegte mich auch, damit er wußte, daß ich wach war. Er hatte zehn Jahre in Chicago gelebt. Man hatte ihn 1914 eingezogen, als er gerade zurückgekommen war, um seine Familie zu besuchen, und man hatte ihn mir als Burschen zugeteilt, weil er Englisch sprach. Ich hörte, wie er lauschte, deshalb bewegte ich mich wieder zwischen meinen Decken.

»Können Sie nicht schlafen, Signor Tenente?« fragte er.

»Nein.«

»Ich kann auch nicht schlafen.«

»Was ist denn los?«

»Ich weiß nicht. Ich kann nicht schlafen.«

»Fühlen Sie sich auch nicht wohl?«

»Doch, ganz. Ich kann nur nicht schlafen.«

»Wollen wir 'n bißchen reden?« fragte ich.

»Gern. Worüber kann man sich aber in diesem gottverfluchten Ort unterhalten?«

»Dieser Ort ist nicht schlecht«, sagte ich.

»Gewiß doch«, sagte er.

»Erzählen Sie mir von drüben, von Chicago«, sagte ich.

»Ach«, sagte er. »Das hab ich Ihnen alles schon einmal erzählt.«

»Erzählen Sie mir, wie Sie sich verheiratet haben.«

»Das hab ich Ihnen schon erzählt.«

»War der Brief, den Sie Montag bekamen – von ihr?«

»Gewiß. Sie schreibt mir regelmäßig. Sie verdient ganz anständig mit dem Geschäft.«

»Sie werden ein gutgehendes Geschäft vorfinden, wenn Sie zurückkommen.«

»Gewiß, sie führt es ausgezeichnet. Sie verdient eine Masse Geld.«

»Glauben Sie nicht, daß wir die anderen mit unserem Sprechen aufwecken?« fragte ich.

»Nein. Sie können nichts hören. Die schlafen sowieso wie die Schweine. Ich bin anders«, sagte er. »Ich bin nervös.«

»Sprechen Sie leise«, sagte ich. »Wollen Sie rauchen?«

Wir rauchten vorsichtig in der Dunkelheit.

»Sie rauchen nicht viel, Signor Tenente?«

»Nein, ich hab's mir beinahe abgewöhnt.«

»Nun«, sagte er, »es tut einem nicht gut, und ich nehme an, daß man es nachher gar nicht entbehrt. Haben Sie schon gehört, daß Blinde nicht rauchen, weil sie den Rauch nicht sehen können?«

»Das glaube ich nicht.«

»Ich halt's auch für Stuß«, sagte er. »Ich hab's mal irgendwo gehört. Sie wissen ja, wie man so Sachen hört.«

Wir waren beide still, und ich hörte den Seidenraupen zu.

»Hören Sie diese verdammten Seidenraupen?« fragte er. »Man kann sie knabbern hören.«

»Es ist komisch«, sagte ich.

»Sagen Sie, Signor Tenente, ist wirklich etwas mit Ihnen los, daß Sie nicht schlafen können? Ich sehe Sie nie schlafen. Sie haben nachts, solange ich bei Ihnen bin, noch nicht geschlafen.«

»Ich weiß nicht, John«, sagte ich. »Vorigen Frühling ist es mir ziemlich dreckig gegangen, und nachts quält's mich.«

»Genau wie ich«, sagte er. »Ich hätte nie in diesen Krieg reingeraten sollen. Ich bin zu nervös.«

»Vielleicht wird es besser.«

»Sagen Sie, Signor Tenente, wieso sind Sie denn überhaupt in diesen Krieg reingeraten?«

»Das weiß ich nicht, John. Damals wollte ich.«

»Wollte«, sagte er, »das ist allerdings ein fabelhafter Grund.«

»Wir sollten nicht so laut reden«, sagte ich.

»Die schlafen genau wie Schweine«, sagte er. »Und Englisch verstehen sie ohnehin nicht. Die wissen überhaupt nichts. Was wollen Sie denn machen, wenn der Krieg vorbei ist und wir wieder in den Staaten sind?«

»Ich werde für 'ne Zeitung arbeiten.«

»In Chicago?«

»Vielleicht.«

»Lesen Sie eigentlich je, was der Kerl, der Brisbane, schreibt? Meine Frau schneidet es für mich aus und schickt es mir.«

»Natürlich.«

»Kennen Sie ihn?«

»Nein, aber ich hab ihn mal gesehen.«

»Den Kerl würde ich gern mal treffen. Er ist ein ausgezeichneter Schriftsteller. Meine Frau liest kein Englisch, aber sie bestellt die Zeitung weiter, genauso wie wenn ich zu Hause bin, und schneidet die Leitartikel und den Sportteil aus und schickt's mir.«

»Wie geht's den Kindern?«

»Glänzend. Meine eine Tochter ist jetzt in der vierten Klasse. Wissen Sie, Signor Tenente, wenn ich die Kinder nicht hätte, wäre ich jetzt nicht Ihr Bursche. Dann hätte man mich die ganze Zeit über in die vorderste Linie gesteckt.«

»Ich freue mich, daß Sie sie haben.«

»Ich auch. Es sind famose Kinder, aber ich wünsche mir einen Jungen. Drei Mädchen und kein Junge. Das ist schon gemeines Pech.«

»Warum versuchen Sie nicht, einzuschlafen?«

»Nein. Ich kann jetzt nicht schlafen. Ich bin jetzt ganz wach, Signor Tenente. Aber wissen Sie, ich mach mir Sorgen, daß Sie nicht schlafen.«

»Wird schon wieder werden, John.«

»Wenn man sich vorstellt, so 'n junger Kerl wie Sie, der nicht schläft.«

»Es wird schon wieder werden. Es braucht einfach seine Zeit.«

»Sie müssen wieder in Ordnung kommen. Man kann doch nicht ohne Schlaf existieren. Sorgen Sie sich um etwas? Bedrückt Sie irgendwas?«

»Nein, John, ich glaube nicht.«

»Sie sollten heiraten, Signor Tenente. Dann würden Sie sich keine Sorgen machen.«

»Ich weiß nicht.«

»Sie sollten heiraten. Warum suchen Sie sich denn nicht irgendeine nette Italienerin mit viel Geld? Sie können jede kriegen, die Ihnen gefällt. Sie sind jung, und Sie haben 'ne Reihe Orden und Auszeichnungen und sehen nett aus. Sie sind mehrere Male verwundet gewesen.«

»Ich spreche die Sprache nicht gut genug.«

»Sie sprechen sie glänzend. Zum Teufel mit der Sprache! Sie brauchen doch nicht mit ihnen zu reden. Heiraten sollen Sie sie.«

»Ich werd's mir überlegen.«

»Sie kennen doch ein paar Mädchen, nicht?«

»Natürlich.«

»Also dann heiraten Sie die mit dem meisten Geld. Wissen Sie, hier sind alle so erzogen, daß sie gute Ehefrauen werden.«

»Ich werd's mir überlegen.«

»Überlegen Sie sich's nicht, Signor Tenente. Tun Sie's.«

»Schön.«

»Jeder Mann sollte verheiratet sein. Sie werden es niemals bereuen. Jeder Mann sollte verheiratet sein.«

»Schön«, sagte ich. »Wir wollen jetzt mal versuchen, ein bißchen zu schlafen.«

»Schön, Signor Tenente. Ich werd's noch mal versuchen. Aber denken Sie an das, was ich gesagt habe.«

»Ich werde daran denken«, sagte ich. »Jetzt wollen wir aber mal ein bißchen schlafen, John.«

»Schön«, sagte er. »Hoffentlich werden Sie schlafen, Signor Tenente.«

Ich hörte, wie er in seinen Decken auf dem Stroh herumrollte, und dann war es ganz still, und ich hörte, wie er regelmäßig atmete. Dann begann er zu schnarchen. Ich hörte eine lange Zeit zu, wie er schnarchte, und dann hörte ich auf, zuzuhören, wie er schnarchte, und hörte zu, wie die Seidenraupen fraßen. Sie fraßen unentwegt, und die Blätter raschelten. Ich hatte etwas Neues, an das ich denken konnte, und lag mit offenen Augen im Dunkeln und dachte an all die Mädchen, die ich gekannt hatte, und was für Frauen sie wohl abgeben würden. Es war sehr interessant, darüber nachzudenken, und eine Zeitlang verdrängte es das Forellenfischen und kam meinem Beten in die Quere. Zum Schluß kam ich aber doch wieder aufs Forellenfischen zurück, weil ich merkte, daß ich mich deutlich an alle Ströme erinnern konnte, und immer war irgend etwas Neues an ihnen, während die Mädchen, wenn ich ein paarmal an sie gedacht hatte, verschwammen und ich sie mir nicht ins Gedächtnis zurückrufen konnte, und schließlich verschwammen sie alle und waren eigentlich alle gleich, und ich gab's fast ganz auf, an sie zu denken. Aber mein Beten setzte ich fort, und ich betete nachts oft für John, und sein Jahrgang wurde vor der Oktoberoffensive von der Front zurückgezogen. Ich war froh, daß er fortkam; ich hätte mich sehr um ihn gesorgt. Er besuchte mich einige Monate später in Mailand im Lazarett und war sehr außer sich, weil ich noch nicht verheiratet war, und ich weiß, daß er außer sich wäre, wenn er wüßte, daß ich bis heute noch immer unverheiratet bin. Er ging nach Amerika zurück und dachte sehr positiv über die Ehe und war davon überzeugt, daß sie alles ins Lot bringen würde.

Das Ende von Etwas

Früher einmal war Hortons Bay eine Bauholz-Stadt gewesen. Niemand, der dort wohnte, war außerhalb des Hörbereichs der großen Sägemühle am See. Dann, eines Tages, gab es keine Baumstämme mehr, um Bauholz zu machen. Die Holzschoner kamen in die Bucht und wurden mit dem Schnittholz des Sägewerks, das auf dem Hof gestapelt stand, beladen. Alle Stapel Bauholz wurden weggebracht. Aus der großen Mühle nahm man alle transportablen Maschinen fort und ließ sie von den Leuten, die bisher in der Mühle gearbeitet hatten, auf einen der Schoner laden. Der Schoner entfernte sich aus der Bucht hinaus dem offenen See zu, an Bord die beiden großen Sägen, den Transportwagen, der die Baumstämme gegen die rotierenden Kreissägen drückte, und all die Walzen, Räder, Treibriemen und Eisen, aufgetürmt auf einer schiffsrumpftiefen Ladung Bauholz. Nachdem der offene Raum mit Planen zugedeckt und diese festgebunden waren, füllten sich die Segel des Schoners, und er bewegte sich hinaus in den offenen See, all das mit sich führend, was die Mühle zur Mühle und Hortons Bay zur Stadt gemacht hatte.

Die einstöckigen Schlafquartiere, das Speisehaus, das Warenhaus, die Mühlenbüros und die große Mühle selbst standen verlassen inmitten von ungeheuren Mengen Sägemehls da, das die sumpfige Wiese am Ufer der Bucht bedeckte.

Zehn Jahre später war nur noch der zerfallene weiße Kalkstein der Grundmauern von dem Sägewerk übrig, den Nick und Marjorie, als sie am Ufer entlangruderten, durch die sumpfige, in zweiter Blüte stehende Wiese schimmern sahen. Sie angelten am Rand der Fahrrinne, wo der Grund plötzlich von flachen, sandigen Stellen zu zwölf Fuß tiefem dunklem Wasser abfiel. Sie angelten auf ihrem Weg zu der Landspitze, wo sie für die Regenbogenforellen Nachtangeln auslegen wollten.

»Da ist unsere alte Ruine, Nick«, sagte Marjorie.

Nick blickte beim Rudern auf die weißen Steine zwischen den grünen Bäumen.

»Ja, da ist sie«, sagte er.

»Kannst du dich daran erinnern, als es ein Sägewerk war?« fragte Marjorie.

»Ja, eben«, sagte Nick.

»Es sieht eher wie ein Schloß aus«, sagte Marjorie.

Nick sagte nichts. Sie ruderten weiter, verloren das Sägewerk aus den Augen und folgten der Uferlinie. Dann kreuzte Nick die Bucht.

»Sie beißen nicht an«, sagte er.

»Nein«, sagte Marjorie. Auch während sie sprach, paßte sie die ganze Zeit über scharf auf die Angel auf. Sie fischte gern. Sie fischte gern mit Nick.

Ganz dicht am Boot durchbrach eine große Forelle den Wasserspiegel. Nick zog kräftig an einem Ruder, um das Boot zu wenden, damit der Köder, der weit hinter ihnen trieb, dort vorbeikam, wo die Forelle fraß. Als der Rücken der Forelle aus dem Wasser auftauchte, sprangen die Elritzen wie wild. Sie sprenkelten die Oberfläche, als hätte man eine Handvoll Schrot ins Wasser geworfen. Eine zweite Forelle durchbrach fressend das Wasser auf der anderen Seite des Bootes.

»Sie fressen«, sagte Marjorie.

»Aber sie beißen nicht an«, sagte Nick.

Er ruderte das Boot herum, um zwischen den beiden fressenden Fischen hindurchzuködern; dann nahm er Kurs auf die Landspitze. Marjorie haspelte die Angelschnur erst auf, als das Boot das Ufer berührte.

Sie zogen das Boot auf den Strand, und Nick hob einen Eimer mit lebenden Barschen heraus. Die Barsche schwammen im Wasser im Eimer umher. Nick fing drei von ihnen mit der Hand, schnitt ihnen die Köpfe ab und enthäutete sie, während Marjorie mit ihren Händen im Eimer herumjagte, schließlich einen Barsch fing, seinen Kopf abschnitt und ihn enthäutete. Nick besah sich ihren Fisch.

»Nimm lieber die Bauchflosse nicht heraus«, sagte er. »Es geht zwar als Köder, aber es ist besser, wenn die Bauchflosse darin bleibt.«

Er hakte jeden der enthäuteten Barsche durch den Schwanz. An dem Vorfach jeder Angel waren zwei Haken befestigt. Dann ruderte Marjorie das Boot über die Fahrrinne hinaus, sie hielt die Leine zwischen den Zähnen und hatte das Gesicht Nick zugewandt, der am Ufer stand, die Angelrute hielt und die Schnur von der Rolle laufen ließ.

»So ungefähr da«, rief er.

»Soll ich sie loslassen?« rief Marjorie zurück, die Leine in der Hand.

»Ja, laß sie los.«

Marjorie ließ die Leine über Bord und sah zu, wie die Köder im Wasser niedersanken.

Sie kam mit dem Boot zurück und legte die zweite Leine auf die gleiche Art aus. Beide Male legte Nick ein schweres Stück Treibholz über das dicke Ende der Angelrute, um sie in Position zu halten, und stützte sie mit einem kleinen Stück Holz ab. Er haspelte die schlaffe Leine auf, so daß die Leine straff bis zu der Stelle lief, wo der Köder auf dem sandigen Grund der Fahrrinne lag, und setzte den Sperrhaken auf die Rolle. Sobald eine Forelle auf dem Grund fraß und den Köder nahm, würde sie damit wegziehen, die Leine hastig von der Rolle abwickeln und so die Rolle mit dem Sperrhaken zum Schnurren bringen.

Marjorie ruderte ein Stückchen an der Landspitze entlang, um nicht der Leine in die Quere zu kommen. Sie zog kräftig an den Rudern, und das Boot lief ein ganzes Stück den Strand hinauf. Kleine Wellen kamen mit ihm herauf. Marjorie stieg aus dem Boot, und Nick zog das Boot weit den Strand hinauf.

»Was ist denn los, Nick?« fragte Marjorie.

»Ich weiß nicht«, sagte Nick und holte Holz, um Feuer zu machen.

Sie machten ein Feuer mit Treibholz. Marjorie ging zum Boot und holte eine Decke. Die Abendbrise blies den Rauch nach der Landspitze zu, darum breitete Marjorie die Decke zwischen dem Feuer und dem See aus.

Marjorie saß auf der Decke mit dem Rücken zum Feuer und wartete auf Nick. Er kam herüber und setzte sich neben sie auf die Decke. Hinter ihnen war der dichte junge Baumwuchs der Landspitze und vor ihnen war die Bucht mit der Mündung von Hortons Creek. Es war nicht ganz dunkel. Der Feuerschein reichte bis zum Wasser. Sie konnten beide die zwei Stahlruten schräg über dem dunklen Wasser sehen. Das Feuer blinkte auf den Rollen.

Marjorie packte den Abendbrotkorb aus.

»Mir ist gar nicht nach Essen«, sagte Nick.

»Los, komm und iß, Nick.«

»Schön.«

Sie aßen, ohne zu sprechen, und beobachteten die beiden Angelruten und den Feuerschein auf dem Wasser.

»Heute abend gibt's Mondschein«, sagte Nick. Er sah über die Bucht hinweg nach den Hügeln, die sich scharf gegen den Himmel abzuzeichnen begannen. Er wußte, hinter den Hügeln kam der Mond herauf.

»Ich weiß«, sagte Marjorie vergnügt.

»Du weißt alles«, sagte Nick.

»Ach bitte, Nick. Laß das. Bitte, sei nicht so.«

»Ich kann nichts dafür«, sagte Nick. »Es ist doch so. Du weißt alles. Das ist das Unglück. Du weißt es.«

Marjorie sagte gar nichts.

»Ich habe dir alles beigebracht. Du weißt, daß es so ist. Überhaupt, was weißt du eigentlich nicht?«

»Ach, sei doch still«, sagte Marjorie. »Da kommt der Mond.«

Sie saßen auf der Decke, ohne sich zu berühren, und sahen zu, wie der Mond aufging.

»Du brauchst doch nicht so dumm zu reden«, sagte Marjorie. »Was ist denn eigentlich los?«

»Ich weiß nicht.«

»Natürlich weißt du's.«

»Nein, wirklich nicht.«

»Los, sag's.«

Nick sah weiter auf den Mond, der über die Berge heraufkam.

»Es macht keinen Spaß mehr.«

Er hatte Angst, Marjorie anzusehen. Dann sah er sie an. Sie saß da und wandte ihm den Rücken zu. Er sah ihren Rücken an. »Es macht keinen Spaß mehr. Überhaupt nichts mehr.«

Sie sagte nichts. Er fuhr fort: »Weißt du, mir ist, als ob alles in mir zum Teufel gegangen ist. Ich weiß nicht, Marge. Ich weiß nicht, was ich sagen soll.«

Er blickte weiter auf ihren Rücken.

»Macht Liebe denn keinen Spaß?« sagte Marjorie.

»Nein«, sagte Nick. Marjorie stand auf. Nick saß da, den Kopf in die Hände gestützt.

»Ich nehme das Boot«, rief ihm Marjorie zu. »Du kannst um die Landspitze herum zu Fuß zurückgehen.«

»Schön«, sagte Nick. »Ich stoß das Boot für dich ab.«

»Ist nicht nötig«, sagte sie. Sie trieb mit dem Boot auf dem mondbeschienenen Wasser. Nick ging zurück und legte sich neben das Feuer, mit dem Gesicht auf der Decke. Er konnte Marjorie auf dem Wasser rudern hören.

Er lag dort eine lange Zeit. Er lag da, während er hörte, wie Bill, der durch den Wald strich, in die Lichtung kam. Er spürte, wie Bill sich dem Feuer näherte. Auch Bill berührte ihn nicht.

»Ist sie endlich weg?« fragte Bill.

»Ja«, sagte Nick, der mit dem Gesicht auf der Decke dalag.

»'ne Szene gehabt?«

»Nein, wir hatten keine Szene.«

»Wie fühlst du dich?«

»Bitte geh weg, Bill. Geh, laß mich ein bißchen allein.«

Bill suchte sich ein Sandwich aus dem Eßkorb aus und ging hinüber, sich die Angelruten ansehen.

Der Kämpfer

Nick stand auf. Ihm war nichts passiert. Er sah das Gleis entlang, den Lichtern des Bremserhäuschens nach, die hinter einer Kurve verschwanden. Zu beiden Seiten des Gleises war Wasser, dann Sumpf und Erlengebüsch.

Er betastete sein Knie. Die Hose war zerrissen und die Haut abgeschürft. Seine Hände waren zerkratzt, und Sand und Asche waren tief unter die Nägel gedrungen. Er ging hinüber bis zum Rand des Gleises, die kleine Böschung zum Wasser hinunter und wusch sich die Hände. Er wusch sie sich sorgfältig in dem kalten Wasser und entfernte dabei den Schmutz unter seinen Nägeln. Er kauerte sich hin und badete sein Knie.

Dieser Lausekerl von einem Bremser. Eines Tages würde er ihn schon kriegen. Den erkannte er wieder. Das war 'ne feine Art von Benehmen.

»Komm her, Junge«, sagte er, »ich hab was für dich.«

Darauf war er reingefallen. Lausig kindisch so was. Die würden ihn nie wieder so reinlegen.

»Komm her, Junge, ich hab was für dich.« Dann *bums*, und er lag auf Händen und Knien neben dem Gleis.

Nick rieb sein Auge. Er bekam eine große Beule. Das würde ein blaues Auge geben, und wie. Es tat schon weh. Dieser Scheißkerl von einem Drecksbremser.

Er berührte die Beule über seinem Auge mit den Fingern. Na, es war nur ein blaues Auge. Das war alles, was er abbekommen hatte. Dafür eigentlich billig. Er hätte es gern gesehen, konnte es aber nicht sehen, als er ins Wasser blickte. Es war dunkel, und er war zu weit weg von allem. Er wischte sich die Hände an der Hose ab und stand auf, dann kletterte er die Böschung hinauf zu den Schienen.

Er ging dem Gleis nach. Es war gut geschottert; man

ging leicht und mühelos, Sand und Kies zwischen den Schwellen; gutes Gehen. Die glatte Strecke lief wie ein Damm durch den Sumpf. Nick marschierte. Irgendwohin mußte er ja kommen.

Nick hatte sich auf einen Güterzug geschwungen, als dieser seine Geschwindigkeit bei den Rangierbahnhöfen außerhalb von Walton Junction verringert hatte. Der Zug mit Nick darauf war, als es anfing, dunkel zu werden, durch Kalkaska gekommen. Jetzt mußte er beinahe in Mancelona sein. Drei oder vier Meilen Sumpf. Er marschierte das Gleis entlang und ging so, daß er auf dem Schotter zwischen den Schwellen blieb; um ihn der Sumpf gespensterhaft in dem aufsteigenden Nebel. Sein Auge tat ihm weh, und er war hungrig. Er marschierte und legte eine Meile nach der andern zurück. Zu beiden Seiten des Gleises war nichts als Sumpf.

Vor ihm lag eine Brücke. Nick ging hinüber; seine Stiefel hallten dumpf auf dem Eisen. Unter ihm schimmerte das Wasser schwarz durch die Ritzen der Schwellen. Nick stieß gegen einen losen Spieker, und er fiel ins Wasser. Jenseits der Brücke waren Hügel. Zu beiden Seiten des Gleises war es dunkel und hoch. Gleisaufwärts sah Nick ein Feuer.

Er ging vorsichtig am Gleis entlang auf das Feuer zu. Es war rechts vom Gleis unterhalb des Eisenbahndamms. Er hatte nur den Feuerschein gesehen. Das Gleis ging hier durch einen Einschnitt, und wo das Feuer brannte, weitete sich das Land und verlief in den Wäldern. Nick ließ sich vorsichtig den Damm hinabgleiten und schlug sich in den Wald, um sich zwischen den Bäumen hindurch dem Feuer zu nähern. Es war ein Buchenwald, und er trat, als er zwischen den Bäumen ging, auf die abgefallenen Bucheckern. Das Feuer leuchtete jetzt hell, gerade am Rande der Bäume. Ein Mann saß daran. Nick wartete hinter einem Baum und beobachtete. Der

Mann schien allein zu sein. Er saß da, den Kopf in die Hände gestützt, und sah ins Feuer. Nick trat hervor und kam in den Feuerschein.

Der Mann saß da und starrte ins Feuer. Als Nick ganz dicht neben ihm haltmachte, rührte er sich nicht.

»Hallo«, sagte Nick.

Der Mann sah auf.

»Wo hast du die Beule her?« fragte er.

»Ein Bremser hat mich heruntergeschubst.«

»Von dem Güterzug?«

»Ja.«

»Ich sah das Schwein«, sagte der Mann. »Kam hier vor ungefähr anderthalb Stunden durch. Er ging auf den Dächern der Waggons entlang, schlug die Arme zusammen und sang.«

»Das Schwein!«

»Muß sich verdammt wohl gefühlt haben, nachdem er dich runtergeschubst hat«, sagte der Mann ernst.

»Ich werd ihm schon was wiederschubsen.«

»Triff ihn mit 'nem Stein, wenn er hier durchkommt«, riet ihm der Mann.

»Ich werd ihm schon was.«

»Du bist 'n ganz Harter, was?«

»Nein«, sagte Nick.

»Seid ihr Jungens ja alle.«

»Muß man schon«, sagte Nick.

»Genau, was ich gesagt habe.«

Der Mann sah Nick an und lächelte. Im Feuerschein sah Nick, daß sein Gesicht entstellt war. Seine Nase war eingedrückt, seine Augen waren Schlitze, er hatte merkwürdig geformte Lippen. Nick bemerkte das nicht alles sofort; er sah nur, daß das Gesicht des Mannes seltsam geformt und verstümmelt war. Es war wie aus farbigem Glaserkitt. Sah tot aus im Feuerschein.

»Dir gefällt wohl meine Visage nicht?« fragte der Mann.

Nick war verlegen.

»Doch«, sagte er.

»Sieh mal.« Der kleine Mann nahm seine Mütze ab. Er hatte nur ein Ohr. Es war geschwollen und lag eng am Kopf an. Wo das andere Ohr hätte sein sollen, war ein Stummel.

»Schon mal so was gesehen?«

»Nein«, sagte Nick. Ihm wurde ein bißchen übel.

»Ich hab's einstecken können«, sagte der Mann. »Glaubst du nicht, daß ich's einstecken konnte, Junge?«

»Na und ob!«

»Die zerschlugen sich alle die Hände an mir«, sagte der kleine Mann. »Mir konnten sie nichts anhaben.« Er sah Nick an. »Setz dich«, sagte er, »willst du was essen?«

»Bemühen Sie sich nicht«, sagte Nick. »Ich gehe weiter in die Stadt.«

»Hör mal«, sagte der Mann, »nenn mich Ad.«

»Gern.«

»Hör mal«, sagte der kleine Mann. »Ich bin nicht ganz richtig.«

»Was ist denn los?«

»Ich bin verrückt.«

Er setzte seine Mütze auf. Nick war zum Lachen zumute.

»Sie sind ganz in Ordnung«, sagte er.

»Nein, bin ich nicht. Ich bin verrückt. Hör mal, warst du schon mal verrückt?«

»Nein«, sagte Nick, »wie packt's einen denn?«

»Ich weiß nicht«, sagte Ad, »wenn man's ist, weiß man nichts davon. Du kennst mich, nicht wahr?«

»Nein.«

»Ich bin Ad Francis.«

»Ehrenwort?«

»Glaubst du's nicht?«

»Doch.«

Nick wußte, es mußte wahr sein.
»Weißt du, wodurch ich sie alle unterkriegte?«
»Nein«, sagte Nick.
»Mein Herz geht langsam. Schlägt nur vierzig in der Minute. Fühl mal.«
Nick zögerte.
»Na, los.« Der Mann packte seine Hand. »Fühl mal meinen Puls. Tu deine Finger dahin.«
Das Handgelenk des kleinen Mannes war dick, und die Muskeln quollen über den Knochen. Nick fühlte das langsame Pulsen unter seinen Fingern.
»Hast du 'ne Uhr?«
»Nein.«
»Ich auch nicht«, sagte Ad. »Hat keinen Zweck, wenn du keine Uhr hast.«
Nick ließ sein Handgelenk los.
»Hör mal«, sagte Ad Francis. »Faß noch mal zu. Du zählst, und ich zähle bis sechzig.«
Als er die langsamen, harten Stöße unter seinen Fingern spürte, fing Nick an zu zählen. Er hörte den kleinen Mann langsam zählen: eins, zwei, drei, vier, fünf und so weiter – laut.
»Sechzig«, endete Ad. »Das ist eine Minute. Na, was hast du?«
»Vierzig«, sagte Nick.
»Stimmt«, sagte Ad vergnügt. »Niemals beschleunigt.«
Ein Mann ließ sich die Bahndammböschung herab und kam durch die Lichtung auf das Feuer zu.
»Hallo, Bugs«, sagte Ad.
»Hallo«, antwortete Bugs. Es war die Stimme eines Negers. Nick erkannte an der Art, wie er ging, daß es ein Neger war. Er kehrte ihnen den Rücken zu und beugte sich über das Feuer. Er richtete sich auf.
»Das ist mein Freund Bugs«, sagte Ad. »Er ist auch verrückt.«

»Freue mich, Sie kennenzulernen«, sagte Bugs. »Wo, sagen Sie, daß Sie her sind?«

»Chicago«, sagte Nick.

»Das ist eine schöne Stadt«, sagte der Neger. »Ich habe Ihren Namen nicht verstanden.«

»Adams. Nick Adams.«

»Er sagt, daß er nie verrückt gewesen ist, Bugs«, sagte Ad.

»Da hat er ja noch allerhand vor sich«, sagte der Neger. Er packte ein Paket am Feuer aus.

»Wann essen wir, Bugs?« fragte der Meisterboxer.

»Sofort.«

»Bist du hungrig, Nick?«

»Verdammt hungrig.«

»Hast du das gehört, Bugs?«

»Ich krieg so ziemlich alles mit.«

»Das hab ich dich nicht gefragt.«

»Ja, ich habe gehört, was der Herr gesagt hat.«

Er legte Schinkenscheiben in eine Pfanne. Als die Pfanne heiß wurde, spritzte das Fett, und Bugs, der auf seinen langen Negerbeinen am Feuer hockte, drehte den Schinken um und schlug Eier in die Pfanne, die er von einer Seite zur andern kippte, um die Eier von allen Seiten mit heißem Fett zu übergießen.

»Wollen Sie etwas Brot aus dem Sack dort abschneiden, Mister Adams?« Bugs wandte sich vom Feuer weg.

»Gewiß.«

Nick langte in den Sack und holte einen Laib Brot heraus. Er schnitt sechs Scheiben. Ad sah ihm zu und lehnte sich vornüber.

»Gib mir dein Messer, Nick, ja?« sagte er.

»Nein, nicht«, sagte der Neger. »Behalten Sie Ihr Messer, Mister Adams.«

Der Meisterboxer setzte sich zurück.

»Würden Sie mir wohl das Brot herbringen, Mister Adams?« fragte Bugs.

Nick brachte es hinüber.

»Tauchen Sie Ihr Brot gern in Schinkenfett?« fragte der Neger.

»Na und ob!«

»Vielleicht warten wir lieber bis nachher; es schmeckt besser am Schluß vom Essen. Hier!«

Der Neger hob ein Stück Schinken hoch und legte es auf eine Scheibe Brot, dann ließ er ein Ei daraufgleiten.

»Klappen Sie doch bitte die Stulle zusammen und geben Sie sie Mister Francis.«

Ad nahm die Stulle und fing an zu essen.

»Passen Sie auf, das Ei läuft herunter«, warnte der Neger. »Dies ist für Sie, Mister Adams. Der Rest ist für mich.«

Nick biß in seine Stulle. Der Neger saß ihm gegenüber, neben Ad. Der heiße, gebratene Schinken und die Eier schmeckten herrlich.

»Mister Adams ist wirklich hungrig«, sagte der Neger.

Der kleine Mann, den Nick dem Namen nach als einen Exmeisterboxer kannte, war schweigsam. Er hatte nichts gesagt, seit der Neger über das Messer gesprochen hatte.

»Darf ich Ihnen ein Stück Brot anbieten, das ich gerade in heißes Schinkenfett getaucht habe?« fragte Bugs.

»Danke vielmals.«

Der kleine weiße Mann sah Nick an.

»Wollen Sie auch etwas, Mister Adolph Francis?« bot Bugs ihm von der Pfanne her an.

Ad antwortete nicht. Er sah Nick an.

»Mister Francis?« kam die sanfte Stimme des Negers.

Ad antwortete nicht. Er sah Nick an.

»Ich sagte etwas zu Ihnen, Mister Francis«, sagte der Neger sanft.

Ad sah Nick immer noch an. Er hatte seine Mütze über die Augen gezogen. Nick wurde nervös.

»Zum Teufel, was hast du hier zu suchen?« kam es scharf unter der Mütze hervor, Nick entgegen. »Zum Teufel, wer glaubst du eigentlich, daß du bist? Du bist ein rotznasiger Lausejunge. Du kommst hierher, wo dich niemand eingeladen hat, und ißt mein Essen, und wenn ich mir dein Messer borgen will, wirst du rotzfrech.«

Er starrte Nick an. Sein Gesicht war weiß und seine Augen unter der Mütze kaum zu sehen.

»Du bist ein frecher Lümmel! Wer, zum Teufel, hat dich aufgefordert, hier einzudringen?«

»Keiner.«

»Du hast verdammt recht. Keiner. Es hat dich auch keiner gebeten, hier zu bleiben. Du kommst einfach her, benimmst dich rotznasig wegen meiner Visage, rauchst meine Zigarren, trinkst meinen Schnaps und redest rotzig. Zum Teufel noch mal, was bildest du dir eigentlich ein?«

Nick sagte nichts. Ad stand auf.

»Ich werd's dir sagen, du lederbrauner Chicagoer Rotzbengel, du. Ich werd dir den Schädel einschlagen. Hast du kapiert?«

Nick trat zurück. Der kleine Mann näherte sich ihm langsam; er ging plattfüßig vorwärts; sein linker Fuß trat vorwärts; den rechten zog er nach.

»Schlag zu.« Er bewegte seinen Kopf. »Versuch's und schlag zu.«

»Ich will nicht.«

»So kommst du mir nicht weg. Du kriegst deine Dresche, hörst du? Los, und lang mir eine.«

»Lassen Sie doch«, sagte Nick.

»Na schön, du Saukerl.«

Der kleine Mann sah auf Nicks Füße. Als er runtersah, stellte sich der Neger, der ihm gefolgt war, als er sich vom Feuer entfernt hatte, in Positur und schlug ihm ins Genick. Er fiel nach vornüber, und Bugs ließ den mit Stoff umwickelten Totschläger ins Gras fallen. Der kleine Mann lag mit dem Gesicht im Gras. Der Neger hob ihn auf – der Kopf hing herunter – und trug ihn ans Feuer. Sein Gesicht mit den offenen Augen sah schlimm aus. Bugs legte ihn sanft nieder.

»Wollen Sie mir bitte den Eimer mit Wasser bringen, Mister Adams?« sagte er. »Ich fürchte, ich hab 'n bißchen hart zugeschlagen.«

Der Neger bespritzte das Gesicht des Mannes mit Wasser und zog ihn sanft am Ohr. Die Augen schlossen sich.

Bugs stand auf.

»Es ist ihm nichts passiert«, sagte er. »Nichts, um sich zu beunruhigen. Es tut mir leid, Mister Adams.«

»Schon gut.« Nick sah auf den kleinen Mann herab. Er sah den Totschläger im Gras liegen und hob ihn auf. Er hatte einen beweglichen Griff und lag biegsam in seiner Hand. Abgenutztes schwarzes Leder, um das schwere Ende ein Taschentuch gewickelt.

»Das ist ein Griff aus Walknochen«, lächelte der Neger. »Man macht sie jetzt nicht mehr. Ich wußte nicht recht, wieweit Sie sich selbst schützen konnten, auf jeden Fall wollte ich nicht, daß Sie ihm weh täten oder ihn noch ärger zurichten würden, als er's schon ist.«

Der Neger lächelte wieder.

»Sie haben ihn aber selbst verletzt.«

»Ich weiß, wie man's macht. Er weiß nachher von nichts. Ich muß es machen, damit es umschlägt, wenn er so wird.«

Nick sah noch immer auf den kleinen Mann auf der Erde, der mit geschlossenen Augen im Feuerschein lag. Bugs legte etwas Holz aufs Feuer.

»Brauchen sich wirklich keine Sorgen zu machen um ihn, Mister Adams. Hab ihn schon oft so gesehen.«

»Wodurch ist er verrückt geworden?« fragte Nick.

»Ach, durch allerhand«, antwortete der Neger vom Feuer aus. »Wollen Sie eine Tasse Kaffee haben, Mister Adams?«

Er reichte Nick die Tasse und glättete den Mantel, den er unter den Kopf des bewußtlosen Mannes geschoben hatte.

»Erstens hat er zuviel abgekriegt.« Der Neger schlürfte seinen Kaffee. »Aber das machte ihn eigentlich nur ein bißchen einfältig. Dann war seine Schwester sein Manager, und es stand immer alles lang und breit in den Zeitungen von Bruder und Schwester, und wie sie ihren Bruder liebte, und wie er seine Schwester liebte, und dann heirateten sie in New York, und da gab es natürlich 'ne Menge Unannehmlichkeiten.«

»Ja, ich besinne mich darauf.«

»Bestimmt. Natürlich waren sie so wenig Geschwister wie wir zwei beiden, aber da waren eine Menge Leute, die es auf jeden Fall unerhört fanden, und dann begannen die Streitigkeiten, und eines Tages ging sie einfach weg und ist niemals zurückgekommen.«

Er trank seinen Kaffee aus und wischte sich mit der rosa Fläche seiner Hand den Mund ab.

»Er ist einfach verrückt geworden. Wollen Sie noch etwas Kaffee haben, Mister Adams?«

»Danke.«

»Ich hab sie ein paarmal gesehen«, fuhr der Neger fort. »Sie war eine verdammt schöne Frau. Sah ihm ähnlich genug, um sein Zwilling zu sein. Er würde gar nicht schlecht aussehen, wenn sein Gesicht nicht so zugerichtet wäre.«

Er schwieg. Die Geschichte schien aus zu sein.

»Wo haben Sie ihn getroffen?« fragte Nick.

»Ich traf ihn im Gefängnis«, sagte der Neger. »Nachdem sie ihn verlassen hatte, rempelte er immerfort Leute an, und da steckten sie ihn ins Gefängnis. Ich saß damals wegen einer Messerstecherei.« Er lächelte und fuhr mit sanfter Stimme fort: »Ich mochte ihn vom ersten Tag an, und als ich rauskam, hab ich ihn aufgesucht. Es macht ihm Spaß, zu denken, daß ich verrückt bin, und mir ist es egal. Ich bin gern mit ihm zusammen und bin gern unterwegs, und ich brauch keinen Diebstahl zu begehen, um es mir leisten zu können. Ich lebe gern wie ein Gentleman.«

»Was machen Sie denn beide?« fragte Nick.

»Oh, nichts, wir ziehen nur so rum. Er hat Geld.«

»Er muß 'ne Menge Geld gemacht haben.«

»Sicher, aber er hat all sein Geld ausgegeben. Oder man hat's ihm weggenommen. Sie schickt ihm Geld.«

Er schürte das Feuer.

»Sie ist eine riesig famose Frau«, sagte er. »Sie sieht ihm ähnlich genug, um sein Zwilling zu sein.«

Der Neger sah zu dem kleinen Mann hinüber, der schwer atmend dalag. Sein blondes Haar hing ihm in die Stirn. Sein verstümmeltes Gesicht sah in der Ruhe kindlich aus.

»Ich kann ihn jetzt jederzeit aufwecken, Mister Adams. Wenn's Ihnen recht wäre, verduften Sie lieber. Ich bin nicht gern ungastlich, aber möglicherweise geht's dann wieder an, wenn er Sie sieht. Ich vermöbel ihn furchtbar ungern, aber es ist das einzige, was man machen kann, wenn's bei ihm losgeht. Ich muß ihn gewissermaßen von allen Leuten fernhalten. Sie nehmen's mir nicht übel, Mister Adams, nicht wahr? Nein, bedanken Sie sich nicht bei mir, Mister Adams. Ich hätte Sie vor ihm gewarnt, aber er schien Sie so gern zu mögen, und ich dachte, es würde alles ganz friedlich gehen. Ungefähr zwei Meilen das Gleis rauf stoßen Sie auf eine Stadt. Sie heißt Mancelona. Auf Wiedersehen. Ich wünschte, wir könnten Sie bitten, über Nacht zu bleiben, aber es kommt einfach nicht in Frage. Möchten Sie etwas von dem Schinken und Brot mitnehmen? Nein? Nehmen Sie lieber eine Scheibe mit.« Alles dies in einer weichen, tiefen, höflichen Negerstimme.

»Gut. Also auf Wiedersehen, Mister Adams, und alles Gute!«

Nick wanderte vom Feuer weg über die Lichtung auf die Eisenbahngleise zu. Als er aus dem Feuerbereich war, horchte er. Die tiefe, sanfte Stimme des Negers sprach. Nick konnte die Worte nicht verstehen. Dann hörte er den kleinen Mann sagen: »Ich hab furchtbare Kopfschmerzen, Bugs.«

»Wird Ihnen gewiß bald besser gehen, Mister Francis«, besänftigte die Stimme des Negers. »Trinken Sie nur eine Tasse von dem heißen Kaffee hier.«

Nick kletterte die Böschung hinauf und ging dem Gleis nach. Er bemerkte das Schinkenbrot in seiner Hand und steckte es in die Tasche. Als er von der ansteigenden Geraden zurückblickte, bevor das Gleis in die Hügel einbog, konnte er den Feuerschein in der Lichtung sehen.

Zeittafel zu Leben und Werk Ernest Hemingways

1899 Ernest Miller Hemingway am 21. Juli als zweites von sechs Kindern des Landarztes und Amateursportlers Clarence Edmonds Hemingway und seiner Frau, der Musiklehrerin Grace Hall Hemingway, in Oak Park, einem gutbürgerlichen Vorort von Chicago (Illinois) geboren. Jährliche Sommeraufenthalte an der Horton Bay, Lake Michigan, wo er mit dem Vater jagt und fischt.

1913 Besuch der Oak Park and River Forest Township High School. Auflehnung gegen Schule und Elternhaus (Hemingway reißt zweimal von zu Hause aus).

1916 Im Stil von Ring Lardner geschriebene Beiträge zur Schulzeitung *The Trapeze*.

1917 Statt eines Medizin- oder Musikstudiums (wie von den Eltern vorgesehen) Volontariat als Reporter beim *Kansas City Star* (bis April 1918).

1918 Ab Juni Dienst als Sanitätsfreiwilliger des Amerikanischen Roten Kreuzes in Oberitalien und Fronteinsatz in den Reihen der italienischen *arditi* (Infanterie). Am 8. Juli bei Fossalta di Piave schwer verwundet (227 Granatsplitterwunden, mehrere Maschinengewehreinschüsse, eine zerschmetterte Kniescheibe). Auszeichnung mit der Medaglia d'Argento al Valore Militare und dem Croce al Merito di Guerra. Genesung in einem Mailänder Krankenhaus. Liebesaffäre mit der Krankenschwester Agnes von Kurowsky (siehe den Film *Love and War*).

1919 Am 21. Januar Heimkehr als Kriegsinvalide nach Michigan. Hält Vorträge über sein Kriegserlebnis.

1920 Freier Mitarbeiter des *Toronto Star Weekly*.

1921 Am 3. September Heirat mit der Jugendfreundin

Hadley Richardson in Chicago. Mitarbeit am *Cooperative Commonwealth*. Im November Überfahrt nach Frankreich, wo Hemingway als festbezahlter Sonderkorrespondent des *Toronto Daily Star* arbeitet – ein Amerikaner in Paris.

1922 Intensive journalistische Tätigkeit und ausgedehnte Reisen, etwa zur Berichterstattung über die Genfer Konferenz, den Griechisch-Türkischen Krieg und die Lausanner Konferenz. Daneben erste Kurzgeschichten und Gedichte. Bekanntschaft mit James Joyce und den amerikanischen Schriftstellern Gertrude Stein und Ezra Pound, die ihn zum Schreiben anhalten. Verlust eines bereits in Chicago begonnenen Romanmanuskripts in einem Eisenbahnabteil.

1923 Rückkehr nach Toronto. Am 10. Oktober Geburt des ersten Sohnes John Hadley Nicanor. Veröffentlichung von *Three Stories and Ten Poems*.

1924 Hemingway kündigt beim *Toronto Daily Star* und wird Paris-Korrespondent des *Hearst's Syndicated News Service*. Erster Spanienaufenthalt, erster Stierkampf. *in our time* (Kurzgeschichten).

1925 Im April Begegnung mit F. Scott Fitzgerald in Paris. Zweite Spanienreise. Im Juli Besuch der Fiesta de San Fermín in Pamplona.

1926 Durch Vermittlung F. Scott Fitzgeralds Begegnung mit Max Perkins, dem Verlagslektor von Scribner, der in Hemingway den Hauptsprecher der »verlorenen Generation« (Gertrude Stein) erkennt. *The Torrents of Spring* (Roman). *The Sun Also Rises* (Roman, auch u. d. T. *Fiesta*). Erste literarische Anerkennung.

1927 Im April läßt sich Hadley von Hemingway scheiden. Im Mai zweite Ehe mit der Modejournalistin Pauline Pfeiffer. *Men Without Women* (Kurzgeschichten).

1928 Auf Anregung von John Dos Passos Umzug von Paris nach Key West am äußersten Südzipfel Floridas. Arbeitsaufenthalte auf verschiedenen Ranches in Wyoming. Am 28. Juni Geburt des zweiten Sohnes Patrick. Im Dezember nimmt sich Hemingways Vater das Leben.

1929 Längerer Spanienaufenthalt. *A Farewell to Arms* (Roman).

1930 In Key West und auf der L-Bar-T Ranch in Wyoming Arbeit an dem Stierkampfbuch *Death in the Afternoon.*

1931 Kauf eines Hauses in Key West. Geburt des dritten Sohnes Gregory.

1932 *Death in the Afternoon.*

1933 »Letters« für das Magazin *Esquire. Winner Take Nothing* (Kurzgeschichten).

1934 Viermonatige Safari in Afrika.

1935 *Green Hills of Africa* (Reiseschilderungen).

1936 Aufenthalte in Wyoming und auf Kuba. Sammelt Geld zum Kauf von Krankenwagen für die republikanische Seite im Spanischen Bürgerkrieg. Im Dezember Bekanntschaft mit der Schriftstellerin Martha Gellhorn.

1937 Im Februar als Kriegsberichterstatter für die *North American Newspaper Alliance* nach Spanien. Beginn der Liebesaffäre mit Martha Gellhorn. Drehbuch für den republikanischen Film *Spanish Earth* (Regie: Joris Ivens). *To Have and Have Not* (Roman).

1938 *The Fifth Column and The First Forty-nine Stories* (Theaterstück über den Spanischen Bürgerkrieg und Kurzgeschichten).

1939 Trennung von Pauline. Lebt mit Martha auf dem 15 Morgen großen Landgut Finca Vigía in San Francisco de Paula, einem Vorort von Havanna. Schreibt in Paris, Havanna, Key West, Wyoming und Sun Valley (Idaho) an dem Bürgerkriegsroman *For Whom the Bell Tolls.*

1940 Im November läßt sich Pauline Pfeiffer von Hemingway scheiden. Dritte Ehe mit Martha Gellhorn. Kauf des Landguts. *For Whom the Bell Tolls.*

1941 Mit Martha als Kriegsberichterstatter des Magazins *PM* nach China.

1942 Rüstet seine Barkasse *Pilar* für Patrouillenfahrten gegen deutsche U-Boote in der Karibik aus.

1943 Martha vollendet ihren Roman *Liana* und wird Kriegsberichterstatterin für *Collier's*, während Hemingway zwischen 1940 und 1946 nichts Nennenswertes produziert. Spannungen in der Ehe.

1944 Hemingway löst Martha als Kriegsberichterstatter für *Collier's* ab. Fliegt bei Einsätzen der Royal Air Force mit. Schwere Verletzungen bei einem Verkehrsunfall. Im Mai Begegnung mit der *Time*-Korrespondentin Mary Welsh Monks. Am 6. Juni nimmt »Papa« Hemingway an der Landung der alliierten Truppen in der Normandie, später an der Befreiung von Paris teil (mit einem kleinen Trupp Soldaten »befreit« er das »Ritz«). Ein amerikanisches Kriegsgericht spricht Hemingway von der Anklage frei, seinen Status als Nonkombattant verletzt zu haben.

1945 Verleihung des Bronze Star. Rückkehr nach New York und Kuba, wohin Mary ihm folgt. Im September Scheidung von Martha Gellhorn.

1946 Am 21. März vierte Ehe mit Mary Welsh Monks in Havanna. Hemingway arbeitet an einer »Trilogie«. Erste Anzeichen von Hypertonie, Depression und Paranoia.

1948–49 Mehrmonatiger Italienaufenthalt mit Mary. In Venedig Liebesaffäre mit der achtzehnjährigen Adriana Ivancich.

1949–50 Mehrmonatiger Frankreich- und Italienaufenthalt.

1950 Besuch Adriana Ivancichs auf Finca Vigía. Der Roman *Across the River and Into the Trees* wird von der Kritik abgelehnt.

1951 Hemingway beendet den Roman *Islands in the Stream* (veröffentlicht 1970). Im Juni stirbt seine Mutter, im Oktober seine ehemalige Frau Pauline.

1952 Das Magazin *Life* veröffentlicht die Novelle *The Old Man and the Sea* zunächst in Fortsetzungen, sodann – mit einer Auflage von 5 Millionen Exemplaren – in ihrer Gesamtheit.

1953 Buchverfilmung. Am 4. Mai Verleihung des Pulitzer-Preises für *The Old Man and the Sea.* Award of Merit der American Academy of Arts and Letters. Ab September halten sich die Hemingways in Kenia zu einer Safari auf.

1954 Am 23. Januar macht Hemingways Flugzeug im Dschungel Ugandas eine Bruchlandung. Das Ersatzflugzeug stürzt ebenfalls ab und geht in Flammen auf. Die Zeitungen bringen verfrühte Nachrufe. In Venedig erholt sich Hemingway von seinen schweren Verletzungen. Im Juni Rückkehr nach Kuba. Am 28. Oktober Zuerkennung des Literaturnobelpreises, ausdrücklich für *The Old Man and the Sea.* Hemingway kann die Auszeichnung aufgrund seiner angeschlagenen Gesundheit nicht persönlich entgegennehmen.

1955 Beginn der Arbeit an dem Afrikajournal *True at First Light* (veröffentlicht 1999).

1956 Im Pariser »Ritz« aufgefundene Tagebücher bilden die Grundlage für die Erinnerungen *A Moveable Feast* (veröffentlicht 1964).

1959 Beunruhigt über die kubanische Revolution, kauft sich Hemingway ein Haus in Ketchum (Idaho).

Letzte Spanienreise. Schreibt einen ausgedehnten Artikel über zwei spanische Stierkämpfer, veröffentlicht als *The Dangerous Summer* (1964). Feiert seinen 60. Geburtstag in Málaga.

1960 Im Juli verläßt Hemingway Kuba. Er leidet an Depressionen und Stimmungsumschwüngen. Im November Einweisung in die Mayo Clinic Rochester (Minnesota), wo er einer Elektroschocktherapie unterzogen wird.

1961 Ende Januar Entlassung. Nach zwei Selbstmordversuchen im April erneute Einweisung in die Klinik. Am 26. Juni als geheilt entlassen. Am 2. Juli Selbstmord durch zwei Schüsse in den Mund. Begräbnis auf dem Friedhof von Ketchum.

Hans-Christian Oeser